# 三百年前我是你

西嶺雪◎著

三百年前 我是你

【目錄】

一 走進老北京的四合院・005
二 可不可以想像唐詩宋詞元歌同台演出・017
三 童年的雪燈籠・033
四 那個青年名叫張楚・047
五 宋詞和元歌是一對前世冤家・061
六 我終於找到了張國力・077
七 夢中的男人回過了身・089
八 尋找前生的記憶・101
九 壺裏春秋・113
十 開在廢墟裏的花朵・127
十一 失玉・139
十二 情願下地獄・151
十三 尋夢圓明園・163
十四 吳應熊和建寧格格的故事・173
十五 張楚是我的另一半・187
十六 讓我對我的愛說再見・201
十七 拍賣會・215
十八 你我的故事三百五十年前・227
十九 夢囈・239
二十 還玉・251
後記・263

# 一　走進老北京的四合院

他背對我，始終背對，不肯回頭。

我朝他走近，一天天走近，呼喚他回頭。

「你從來沒有看見過他的臉嗎？」

「從來沒有。」

那天，桃花初開，剛下過雨，一地的嫣紅斑斕。

我穿過天壇，走在北京的街道上。鱗次的高樓，穿梭的車輛，行人臉上帶著焦渴和欲望，男人和女人摩肩接踵。空氣裏含著雨後特有的芬芳，陽光與塵土都不能使它遮蔽，有風，緊一陣緩一陣，於是花香也隨著濃一剎淡一剎。

有人撞了我一下，但我不覺得，或者說身體感覺到了，可是意識沒有觸動。我的心，沉浸在昨夜的夢裏。大太陽在頭頂上明晃晃地照著，可是夢裏的天空下著雨。

那種淅瀝的恍惚，難以言喻。

夢裏是另外一個世界，有男人，也有女人，他們穿著古代的衣服，同我無比熟悉，可是不認識。

我看不清他們的臉。當我在北京的街道上走著的時候，他們也行走在某個時空中，不知疲倦，宛如孜孜於追日的夸父。

從小到大，這樣的夢已經蠱惑了我太久太久，破碎而纏綿，有一種冷冽的心痛。常常擔心有一天睡著睡著，就會被夢中人帶走，再也醒不過來。

路邊的四合院圍牆上寫著個大大的「拆」字，如果明天再經過這裏，也許已經看不見它，可是我會仍然記得這裏有過一個四合院，那麼它們就將重現於我記憶的空間，並在那個空間裏依然佇立。

不知是什麼樣的情緒推動我推開院門走了進去，據說，以前這樣的四合院在北京有很多，可是現在已經拆一座少一座，除了留下供拍攝和當作文物用的僅有的幾幢之外，其餘都要作爲違章建築被拆掉了。

院子已經搬空，只留下幾個破損的舊花盆和一堆丟棄的廢家具，一個炕桌模樣的缺腿木器上黏著張畫報當作桌面，我看了一眼，畫面已經模糊，可是仍然可以判斷出是故宮的照片。奇怪，我並沒有參觀過故宮，可是我可以清楚地知道這一張拍的是養心殿。我還知道，那個被油漬烟汙了的地方應該是一把鹿角椅。

繞過炕桌往裏走，是一株合抱粗的老樹，已經不知幾十歲了，但是很快也將被伐掉，以身殉屋，可是此刻它好像絲毫不知道自己即將到來的命運，仍然忠實地以遮天綠蓋蔭庇著一排三間青磚琉璃瓦房，我逕自推開正房虛掩的屋門，不禁嚇了一跳——一個穿白襯衫灰色西裝褲的青年男子正站在屋中央彎腰整理著什麼，見到我，驚訝地將手遮在額前擋住突然射進的陽光，並從手掌下詫異地打量著我。

我大窘：「對不起，我沒想到這裏會有人。」剛說完已經知道錯了，趕緊補救，「我的意思是說，以爲這裏不住人，可以隨便看……」天哪，這錯得更離譜，再進一步解釋，「不是，我是說，走過這裏很好奇，看它要拆了，就想看一看……」

年輕人笑了，他站直身子，並且禮貌地將高挽的袖筒放落，溫和地說：「請隨便看。」

他的溫和使我的緊張煙消雲散，我問：「這是你的家？」

「曾經是。」他留戀地打量四壁，「但現在已經不是了。通知說，明天這兒就要被拆了，所以今天最後來檢查一次，看看有什麼可以保留的。」

這時候我看清楚他正在清理的東西是些舊的雜誌畫報，有些居然是半個世紀前的藏品，不禁大驚：「這些都是寶貝呀，要扔嗎？」

「是我奶奶的東西，奶奶去世很久了，這些東西一直堆在箱子裏，沒有人看。你想要嗎？」

「我可以要嗎？」我睜大眼睛，幾乎不敢相信這樣的好運氣。

「當然，遇到你是它們的幸運。」

「我才真幸運呢。」我喜出望外，立刻緊緊地把它們抱在懷裏。

年輕人又笑了：「放在箱子裏帶走吧，不然不好拿。」

我接受了他的建議，道謝再道謝，便轉身逃也似地走了，生怕主人會反悔，再把它們要回去。

走到路邊打車的時候，我才發現出了一件多麼可怕的事情：我的錢包被偷了！

我回憶起那個剛才在路上撞我的人，也許錢包就是那時候被扒掉的吧？但是現在怎麼辦呢？就這樣走回去嗎？我抬頭望一望正午的太陽，不可能的，不要說天氣這麼熱，箱子這麼沉，最關鍵的，我早已迷了路，根本不知道應該往哪個方向走。

我徘徊在四合院門前，猶豫著要不要回去向那個好心的年輕人借十塊錢搭車回去，可是想到初次見面就這樣打擾人家，未免太貪婪了。

正在這時，院門開了，年輕人看到我，十分驚訝：「怎麼？還沒走？想把這些老雜誌還給我？」

「不是，當然不是。」我把箱子護緊在胸前，這才發現發了半天呆，出了一身汗，我居然一直沒有放下箱子。「我想，可不可以跟你借十塊錢搭車，是這樣，我的錢包被小偷偷了。你把地址留給我，我明天會還給你的，還十倍都行。或者，如果你不相信我，可以跟我一起回飯店拿……」

年輕人再次綻開他四月春風般溫暖的笑：「何必說得那麼嚴重？不就是十塊錢嗎？」他取出錢包，又問：「你要去哪裏？十塊錢夠嗎？」

「夠的，我是一路走過來的，應該不會很遠。哦對了，我叫唐詩，台灣來的，住在京華飯店，你的地址留給我好嗎，我好還錢給你……」

「不用了，祝你在北京玩得高興。」他將十塊錢塞給我，又順手替我招了一輛車。我還來不及問清他的名字，他已經簡單地對司機交代一句「京華飯店」就替我把車門關上了。

車子行進在寬闊的北京街道上，箱子上的浮灰飛起來，有種故紙堆特有的霉味兒。可是我的心裏，卻充滿嶄新的溫暖的喜悅，由於昨夜的夢而帶給我的纏綿了整整一上午的憂鬱，早已因爲這場奇遇而隨風消散了。

回到酒店時，剛下車，有個年輕人迎上來：「唐小姐，去哪裏了？我等了你好久。」我抬眼，看見是北京分公司的小李，李培亮，一個挺俊的小夥子，怎麼說呢，用個最常見的詞，叫做「濃眉大眼」，用在他身上可真是不錯。

他的眉毛，誇張的一種濃黑，直飛入鬢，眼睛又圓又亮，又過分靈活。所有見過他面的人都說，小李不唱戲真是可惜了，天生一張堪描堪畫的臉。氣得他天天對著鏡子想辦法把兩道眉毛往下彎。

我就親眼見到一次他對著鏡子修眉毛，我打趣：「男人也修眉？」他憨笑：「讓它沒那麼往上吊。」我笑吟：「一雙丹鳳三角眼，兩彎柳葉吊梢眉。」那是《紅樓夢》裏形容王熙鳳的句子，當即說得他一張臉漲紅起來，嚷嚷著要找剃刀把眉毛徹底剃光了去。我問：「剃光了怎麼辦？」他答：「紋眉去。」我又問：「那不更像女人了？」他沒轍了，一臉天真的苦相，兩隻眉毛吊得更厲害了。我笑彎了腰。

是那樣子熟起來的。一下子就成爲朋友。全忘了上下屬關係，也忘記才認識不過幾分鐘。

那麼快熟悉，還有一個原因，就是他的笑容，很像我小時的一個玩伴，叫做張國力。張國力，那是刻在我心上的名字。雖然已經分別十七年，可是，我沒有一天不想起他。小李陽光般沒有陰影的笑容，將印在我心上的那個名字照得更亮了。

當下我將手裏的箱子塞給小李，笑著抱怨：「早知道你在，我就向你借車錢了，也省得當街乞討那樣糗。」

「你？當街乞討？」小李天真地瞪大眼睛，一雙眉毛又吊了起來。

「是呀，爲了十塊錢。」我看到他身後的三輪車，「這是什麼？」

「三輪車。」

「我當然知道這是三輪車，就是問你騎三輪車來做什麼？」

「載你遊北京呀。遊北京就得逛胡同，逛胡同就得坐三輪車，不然，遊不出那種味道來。」

我嘻嘻笑了，得意地炫耀：「我已經逛過胡同了，還進了四合院，還撿了一大堆寶貝。」

小李探頭往箱子裏瞅一眼：「舊畫報？你喜歡這些個？趕明兒我給你拉一車來。」

我笑著，不置可否，兩個人齊心協力將三輪車安置好，再把箱子搬進酒店。

坐定了，小李告訴我：「我一早就來了，想帶你出去好好逛逛，本以爲你們台灣人都是夜貓子，不會早起的，沒想到你是個例外。」

「那倒不是，在台灣時我也很貪睡的，可是在北京，總覺得睡覺太浪費了，就起早了。」我笑著答，一邊翻看茶几上的記事簿，「哦，今天下午的安排是……去王朝談廣告。王朝是你聯繫的吧？要不要一同去？」

「不要，那兩位大小姐我實在吃不消。」

「哪兩位大小姐？」

「他們的創意部經理和製作部經理啊。今天下午就是由她們兩個代表王朝和你談合約，報告宣傳計畫。」

「這兩位小姐很難纏嗎？」

「還不是一般的難纏呢。不過，她們和你倒好像很有緣。」

「有緣？爲什麼？我又沒見過她們。」

「這個……」小李臉上閃過詭秘的一笑，「天機不可洩漏，到時候讓你自己去感受一個意外驚喜吧。」

我們去熱帶雨林餐廳吃速食，跟電動大猩猩合影。

小李不住地按動快門，我說你怎麼都不選景就浪費底片，他回答說我長著一張開麥拉面孔，怎麼拍都上鏡。

聽到人誇讚自己總是愉快的，我們要了一點紅酒，邊喝邊聊，話漸漸多起來。我告訴他，其實我出生在北京的，但是小時候因爲爸爸的海外關係而全家下放到農村，一直到六歲上文革結束才全家遷往台灣同爺爺團聚的。

「唐記再生緣玉行」是爺爺的產業，本來應該交給叔叔，他在台灣後娶的妻生的子，可是叔叔十年前遇到車禍殘了，玉行生意只得交給爸爸。爸爸是外行，苦練了多年基本功，在行內也算是好手了，可是識玉的本領還不如我，所以爺爺對我十分器重，這次來北京主持大型拍賣，便是爺爺對我的一次考驗。來之前，爺爺和爸爸千叮嚀萬囑咐，說這次玉飾展是我們唐家玉器行在內陸的第一次公開大型拍賣會，絕對不可掉以輕心。爺爺還說：「詩兒，這次簽字無論對你個人還是對咱們玉行，都是非同小可，你可千萬要打起精神呀。但是另一面，我又希望你能獨當一面，所以不打算派任何助手陪你談判，一切都看你舉手投足啦。爺爺拿一千萬來賭你的成功，你不會讓爺爺失望吧？哈哈！」

小李豔羨地說：「十足十豪門氣魄，考驗子女一出手就是一千萬，我們這些窮孩子，爸爸給十塊錢買醬油就是十二分信任了。」

我最怕別人拿貧富做文章，立即反攻：「你是窮孩子？別裝腔做勢了。我爸爸早已告訴我，說你是北京通，家裏在琉璃廠占著老大的鋪面呢，來咱們公司打工，不過是你老爸想易子而教，盼你早些成材罷了。你是拿再生緣當磨刀石呢，以爲我不知道？還不說說看，什麼時候帶我去琉璃廠參觀一下貴店面呢？」

小李被揭穿底牌，大窘，堅持說：「那怎麼能同你比呢？兩間小鋪子，管了糊口管不了穿衣，捉襟見肘，有什麼好看的？」

我見他這樣介意，忙換過話題：「再和我說說王朝廣告公司的情況吧。」

小李定下神來：「爲了配合這次玉飾展拍賣做宣傳，咱北京分行的同事差不多已經把全北京翻了一個遍，最終選定三家做備選目標，其中王朝是我聯繫的，也是最看好的一家，就等你來敲定了。今天下午你先見王朝，明天上下午還安排了另外兩家，然後咱們開會決定到底跟誰做，上千萬的生意呢，乖乖，還不得打起十二分小心？」

我笑起來，這個小李，就是喜歡誇張，不是十二分信任，就是十二分小心，彷彿連十足十這種形容詞都還不夠份量似的。

眼睛濕黏起來，我捧住頭，對小李說：「英國規矩，沒到下午五點是不可以喝酒的，我們犯規了。」

「沒關係，補個午覺精神就全回來了。」小李向我打包票，「在北京，你得學會習慣午睡。睡醒了，又是一條好漢。」

「可是，我害怕睡覺，因爲害怕做夢。」

「害怕睡覺？」小李誇張地瞪大眼睛，「我聽說過有怕打怕罵怕冷怕熱怕餓怕窮怕病怕戰爭怕瘟疫怕結婚怕離婚……的，可就是沒聽說還有人怕睡覺。你睡著後做的夢很可怕嗎？」

「那倒也不是，不過很累人。」我試圖向小李描述我的夢，「我常常在夢中見到一些稀奇古怪的場景，看到一些面目模糊的熟人，可是醒來往往忘記大半，只是那種感覺，依稀彷彿，深深困擾我。」

小李更加好奇，興致勃勃地再要一杯酒：「說得再具體些好嗎？那是一些什麼樣的人？」

「有男人，也有女人，他們穿古代衣服，彼此糾纏，有時相愛，有時殘殺，夢境支離破碎，很不完整，但是印象深刻………」我努力回憶我的夢，覺得十分辛苦，「夢裏，常常會出現一個男人。他背對我，始終背對，不肯回頭。我朝著他走近，一天天走近，呼喚他回頭，可是，總是在他回頭的那一刹那，我就醒了。」

「你從來沒有看見過他的臉嗎？」

「從來沒有。」

「也許，有一天你看清了他，就不會再做這樣的夢了。」

「也許。可是，我怎樣才能看清他呢？」我深深苦惱。

「用意志力控制你的夢境。從夢境學的角度來說，夢是在人的大腦熟睡後一部分不肯休息的腦細胞的不規則的運動，是一些游離的意識。如果你可以在夢中運用自己的意志力使這些無意識的游離思想成爲有意識的思維，你就可以戰勝你的夢，你的心魔。」小李侃侃而談，一副很權威的樣子。

心魔？我失笑，對這個形容並不讚賞。我不認爲那是一種魔，我視那夢爲兒時老友，痛苦不是因爲夢魘，而是因爲醒來的時候總是將夢忘記。而那遺忘，令我深深自責而悵惘，久而久之，便成了一種怕。

# 二　可不可以想像唐詩宋詞元歌同台演出

彷彿有一陣清涼的風自遠古吹來，
喚醒了沉睡在荷塘深處的回憶，
面前的宋詞不是一個現實中的人，
而來自我夢中的門內。

長長的街道，下不完的雨，我推開一道又一道門，每道門裏都有許多人，每道門裏都沒有聲音。可是仍然感覺到嘈雜。

是的，嘈雜是一種感覺，就像漫天的飛絮滿街的擁擠是一種感覺一樣，它們不一定要通過人的感官來知覺，而可以具有獨立的生命力，湧自人的內心。

哲人說：我思故我在。噪動與華麗也一樣。它們的存在不是由於聲音和色彩本身，而在於感覺。

感覺中，我不是我自己，而只是一束思想，輕飄飄地徘徊在記憶的永巷，同許多前世的因緣相望不相親。

那些門都又高又沉，我不是用力氣推開它們的，是用思想，當我想打開它們時，它們就打開了，可是打開也如關閉一樣，因爲我看得到那門中的人群，卻聽不到他們，因而也就走不進去。我只是一個門外的旁觀者。

有一扇門我無論如何打不開，它沉重而濕潤，長滿滑膩的青苔，我站在門外哭泣，不知道爲什麼那麼想進去。我只知道，打不開它使我感到孤獨而又挫敗，不知所措。我哭泣，像一個小女孩。

這時候門打開了，裏面有陽光射進，燦爛芬芳，站在陽光中的人對我說：「你來了？」

夢在這個時候醒來，陽光滿窗。

我覺得驚奇。我從來沒有中午睡覺的習慣。也從來沒有做過這樣的夢。

在夢中我見過許許多多的門，常常夢見那些門，每道門裏都關著一些回憶，可是，門裏從來沒有人對我說話，從來沒有聲音傳出。但是剛才，他們對我說話了，很清楚地說：

「你來了？」

而且，這是第一個有陽光的夢。

這使我對接下來的約會充滿了好心情。

電話鈴在這個時候適時地響起，是小李，他開玩笑地說這裏是通訊台報時服務，提醒我約見王朝的時間到了，並問用不用送我過去。

我知道他不想見那兩位難纏的女經理，而且「王朝」離飯店也並不遠，於是問明了路，決定自己開車去。

車子慢慢駛上「王朝」大廈停車坪，穿藍制服帶白手套的年輕保安一路小跑地迎上來，以十分標準的手勢指點泊車位，並替我拉開車門。

我微笑地道了謝下車，對與「王朝」的合作已經先抱了幾分願意。再大型的工程，也要從地基一磚一瓦地建成，商界談判的成功與否，有時候往往取決於一個小小的細節。我就曾經聽說過一個真實的故事，有個三星級大酒店在今春旅遊旺季的競爭中，僅僅因爲大廳吊燈上有灰塵而失去了承接印尼百人旅遊團的投標資格。如今，單從這保安的服務，已經可見「王朝」管理之一斑，是有規矩的地方。

自動門無聲無息地在我面前打開，剛剛邁進大廳，前台小姐已經滿面笑容地迎上來：「是台灣『再生緣』的唐小姐吧？我們公司創意部和製作部兩位經理正在會議室等您，請跟我來。」

很明顯，在此之前她已經見過我的傳真照片，故而可以在第一時間將我認出，沒有一句多餘盤問。

我心中的好感更加多一分。

「王朝」的大廳裝修得很漂亮，與其說是辦公大樓，不如說更像是星級酒店。雲母鋪地，水晶吊頂，華麗，但不傖俗，有恰到好處的炫耀與含蓄。最特別的，是走廊兩壁的裝飾圖並不是某名畫的印刷版，而是真人照片，其中頗有幾位名女人的樣子我是認得的，都是內陸當紅的女明星——這大概便是公司的業績之一了，在她們的宣傳和包裝上「王朝」應該是頗出過一些力的吧？其中一個名女人的畫像邊還附著她的一句名言：「只想做個普通人」。

只想做個普通人？喊，那她認爲自己有多不普通？演過幾部電影，得過一兩次獎，離過婚，打過官司，就變得不普通了？真的只想做個普通人，絕對不會這樣響鑼密鼓地喊出來，所以喊，就是因爲太想不普通了。

一路胡思亂想著，跟在前台小姐的身後走進會議室，當看清坐在裏面的兩位年輕女經理的時候，我剛才看到的畫面就都不記得了，甚至以前見過的所有女人的形象也都不存在了，天地間就只剩下這兩個女子：一個高貴，一個婉媚；一個滿臉英氣，一個笑靨如花；一個短髮方頤，西裝套裙，線條極簡潔，唯一裝飾只是右腕一隻男裝錶；另一位卻著裝豔麗繁複，誇張的大皺褶，標誌性的幾何圖型，瞎子也可以看出，那正是「三宅一生」的招牌設計。

我不禁倒吸一口冷氣：這妮子等於把一樽廣東玉的觀音像穿在身上呢。

但是她也真配得上「三宅一生」，那纖柔有致的身材，生動靈活的眉眼，花明柳媚的笑容，都與身上的服飾襯得嚴絲合縫，讓人看著，只覺俏麗不覺張揚。

最難得的，是兩位經理無論從著裝習慣還是氣質風格上都截然不同，卻又偏偏都驚人的美麗。我無法評價她們兩人誰更美麗，也想不出除開她們之外的第三種美麗。想像力忽然變得貧乏，因為她們的面容已經填塞了我所有的想像空間。震驚之餘，反而不懂得客套，就只剩下最老實的一句：「你們好，我是『再生緣』玉器行的總經理唐詩。」

「你好，」短髮的小姐眉毛微揚，「我是『王朝廣告』的製作部經理宋詞。」

宋詞。她說她的名字叫宋詞。而她本人，的確也像是一闕極清麗灑脫的宋詞。是「大江東去」？還是「楊柳岸曉風殘月」？

彷彿有一陣清涼的風自遠古吹來，喚醒了沉睡在荷塘深處的回憶，面前的宋詞不是一個現實中的人，而來自我夢中的門內。她明眸皓齒，莞爾如花，似乎隨時都會開口說出：「你來了？」

「你是不是以爲她在開玩笑？」另一位長髮的小姐顯然誤會了我的沉默，笑著從一旁轉出：「是真的。她真的就叫宋詞，而我，我叫元歌，創意部經理。」

她們兩位且立刻取出名片相贈，果然分別叫做「宋詞、元歌」。

這樣的巧事，編成劇本都沒人相信。

難怪小李會說我同「王朝」有緣，我現在明白他所謂的「驚喜」是什麼了，的確是個意外得不能再意外的「驚喜」，巧合到不能再巧合的「有緣」。

然後便開始開會了。

宋詞按鈴喚小妹斟出「碧螺春」來，碧綠的茶葉在杯中浮上來又沉下去，旗槍分明，香氣撲鼻。

茶氣氤氳間，我忽然覺得此情此景似曾相識，許多年前，也曾有過這樣的一個下午吧？我們三個人在一起，品茶，聊天，玩玉，甚至吵架。吵架？爲什麼呢？

我覺得恍惚。

元歌問：「唐小姐，計畫書您已經過目了吧？不知可滿意？」平平常常的一句話，但是由她嘴裏問出來，就有種迴腸盪氣的嫵媚感。

我不由笑了：「叫我名字好了。」一邊取出本次參展的玉飾照片一一攤開。這次我們「再生緣」玉行準備拿出來拍賣的古董玉器價位總値約在一千萬左右。為安全起見，此次我先帶來做宣傳用的一百零八件玉飾主要是「新仿」，只有幾件是「真舊」。總價值約在兩百萬。我問兩位經理：「關於王朝以往的輝煌成績我們已經領教過了，但是我想知道的是，對於這次的再生緣玉飾展，你們在宣傳方式上與其他廣告公司會有什麼不同？」

「王朝從不與人雷同。」元歌很快地接口，不愧為創意部經理，能言善道，口才便給，「玉文化在中國已有七千多年的歷史，早在春秋戰國時代，孔子已經對玉做了極形象的評價，賦予它深厚的道德內涵，總結出仁、智、義、禮、樂、忠、德、道等十一種品質，所以，玉器不僅僅是一種裝飾品，更是一種文化品味。我們此次的宣傳側重點，就在於張揚它獨特的文化意韻……」

顯然在此之前元歌已經做過大量的準備工作，此刻像背功課般一股腦兒複述出來。內容雖然生硬，姿勢卻很漂亮，身形微微傾斜，左腿壓在右腿上，以手勢做輔助，眼神熠熠，滔滔不絕，不像女經理開會，倒像女明星接受記者採訪。

我微笑，既對她的賣弄覺得好笑，也為她的認真所感動，她的清澈的聲音裏有一種溫軟的味道，好像初春的花香，令人銷魂。而且，她絮絮地說話的姿態很像一個人，像誰呢？一時想不起。

茶香繚繞中，只有元歌的聲音在迴盪。「……我們宣傳的初步方案是這樣的，除了正常的平面媒體廣告之外，我們打算在正式拍賣會前搞一次大型玉飾秀，會請最著名的模特兒公司來表演，並且提前把消息散發出去。這樣，不愁媒體記者不主動上門來拿消息，代做宣傳。既節省費用，又效果顯著。唐小姐，不知你覺得如何？」

我從恍惚中回過神來，要回頭想一想，才能理清思緒：「整體想法很好啊，可是，模特兒表演如今也很平常，各類服裝秀、首飾秀並不罕見，除非請一流國際名模，否則也很難引起媒體關注。」

「就是，一味做大，完全不考慮預算成本。」很意外，宋詞竟站在我這邊說話。

元歌斜她一眼，但轉向我時，又立刻換上笑容：「這個我們也考慮過，所以主要打算在會場的主題上搞一些噱頭，增強秀的文化意味，使它有別於普通的服飾秀……」

「具體做法呢？」

「具體做法……」元歌將坐姿換成右腿壓左腿，略略支吾。

「在具體的做法上，我們可以出一些新花樣。」接話的是宋詞，「自古道：美人如玉劍如虹。如果在玉飾秀的同時安插武打表演，用劍的陽剛之氣襯出玉的陰柔之美，反響一定不同。」

「在T型台上表演武打？聽都沒聽說過。」元歌不屑，重新左腿壓右腿，「想像一下吧，一群千嬌百媚的模特兒下場之後，忽然冒出幾個赳赳武夫來舞槍弄棒，接著鑼鼓一停，再出來幾個美女走台。『玫瑰花燉豬肉』，什麼跟什麼呀？」

「什麼『什麼跟什麼』?武打表演不一定就是舞槍弄棒。」宋詞分辯,「在我國古典文化中,武術與藝術從來就是分不開的,李白既是詩人又是劍客,公孫大娘舞劍爲草書增添靈感,都是文武相融的典型例子。再說,一場秀裏面只有女人沒有男人,有什麼好看?」

「可這是玉飾,不是服裝。大男人戴首飾可有多突兀?又不是同志表演。」

「所以才要請他們舞劍呀,這才剛柔並濟,相得益彰。」

元歌氣結,又搬起課本來:「孔子說過『言念君子,溫其如玉』,玉是溫文君子的化身,是一種斯文佩飾,怎麼能與好勇鬥狠的武術相結合呢?」

「那你可管窺蠡測,只知其一不知其二了。」宋詞好整以暇,四兩撥千金,「玉可不只是佩飾,最早還用於喪器、禮器和兵器。比孔子更早,中國歷史上曾經出現過一個『玉兵時代』呢。」

「玉兵時代?」元歌驚愕,又將右腿壓上左腿,臉上露出茫然神情。

在討論中,我注意到兩件事:

宋詞和元歌都不僅是美女,更是才女,相當難得的廣告人才。

兩人不和。

怨不得小李說她們難纏,遇上這樣聰慧而鋒利的兩位女經理,除了難纏之外,也的確沒有第二個詞可以形容。

眼看著兩人劍拔弩張，忽然有人敲門，進來的是剛才送茶水的小妹，她看看宋詞元歌又看看我，羞怯地說：「小姐，門口那輛豐田車是您的嗎？」

我點頭：「是我的，怎麼？」

「保安阿清說有輛貨車要過來，門口的通車位置不夠，想請小姐把車挪一下。」

我略略思索，取出鑰匙交給她：「我這裏正在開會，不方便走開。麻煩你請保安先生替我挪一下，好嗎？」

討論繼續。

我向元歌解釋：「剛才宋小姐說得沒錯，『玉兵時代』一詞出自袁康《越絕書寶劍篇》，說在軒轅、神農氏的時候，人們曾經『以石爲兵』，就是將玉石磨成環套在手臂上，邊緣處磨得很薄，像刀刃一樣，可以隨時取下來當飛鏢或者砍削用，作爲狩獵的工具和抵禦襲擊的武器。因爲玉石的質地較一般石頭軟，又有裝飾作用，所以久而久之，即使不打獵的時候，人們也喜歡磨一個漂亮的石環套在手上，也許，這就是最早的玉鐲了。但是這個說法也只存在於古玩學家的傳說中，並沒有準確的考證，不像孔子關於玉的理論來得那樣普及明白，所以也就很少有人知道。玉在人們的概念中也漸漸由兵器轉爲禮器，所謂『君子無故，玉不離身』，成了一種佩飾了。」

「是這樣……」元歌動搖起來，「這樣說的話，把玉飾秀和劍舞揉到一起倒也有點意思，可以考慮讓武士們穿上表示遠古時代的獸皮服飾……」

「再戴上面具。」宋詞補充。

元歌點頭：「儺舞的面具，增其張力，更刺激一些。」

「模特兒的服裝要儘量柔美，和男子的獸皮形成鮮明對比。」

「主題可以稍做調整。」

「經費省下許多。」

兩人的意見總算漸漸相合。正談得熱鬧，小妹又急匆匆跑了來，門也忘了敲，一頭是汗，滿臉緋紅，站在門口愣愣地瞅著我大喘氣，卻一時說不出話來。

元歌大發嬌嗔：「什麼事慌慌張張的？沒看到這裏在開會嗎？」

小妹嚇得一哆嗦，更加說不出話來。

我忙走過去：「你是找我嗎？」

小妹這才戰戰兢兢憋出一句話來：「小姐，你的車子撞了，你……你們還是自己出來看一下吧。」

宋詞詫異：「有這樣的事？」

元歌雙手抱拳做祈禱狀：「天哪，真該請那個阿清滾蛋，這麼點小事都做不好！」

會議只得暫停，我走出去，果然看到自己的車尾擦在大貨車的腰上動彈不得，保安站在一旁，漲紅著臉，只是初春天氣，他卻滿頭是汗，看到我，囁嚅地上前：「小姐，對，對不起，我，我賠。」

「你賠得起嗎？」元歌口快地數落，「這麼點小事都做不好，你是怎麼工作的？」

我過意不去，趕緊攔住元歌：「不能怪他，我這就打電話給保險公司，讓他們來處理好了。」我看著保安，「你叫阿清是吧？」

他憨厚地點頭，不知道回應。

我微笑，再問：「你有駕駛執照嗎？」

他仍然只知點頭。我輕鬆地拍一下手：「那就沒關係了。保險公司會處理的。是我不好，本來應該我自己來挪車的，卻要麻煩你來替我做事，不好意思。」

聽到這句話，阿清猛然抬起頭來，愣愣地看著我，眼裏寫滿愕然、感激、喜出望外，種種情緒糾纏在一起，那樣清晰而熾熱地表現出來，反而讓我覺得爲難。

小妹喜極而呼：「謝謝你，謝謝你，謝謝你！」

元歌取笑：「這裏又有你什麼事兒？阿清有麻煩，要你這麼起勁兒道謝？」

小妹臉上一紅，扭身跑了。

元歌更加嬌笑起來。宋詞卻望著我輕輕點頭：「有匪君子，如切如磋，如琢如磨……」

這是《詩經．衛風》裏的句子，形容君子品德高尚，如精磨之美玉。我當不起這樣的盛讚，趕緊說：「既然沒事了，我們接著開會吧。」同時心裏忽然想起上午在四合院裏見到的那個青年，「有匪君子，如切如磋，如琢如磨。」這幾句話，用來形容他倒是不錯吧。

討論進行到最後也是最重要的階段。

「模特兒公司請哪一家？頭牌是誰？」

「劍舞表演是找武術隊還是找舞蹈隊？對場地有沒有特殊要求？」

「背景音樂採用何種風格？」

「如何通知媒體？要不要和電視台合辦？」

宋詞和元歌又爭吵起來，她們幾乎在每一個環節上都會有分歧，往往要我參予意見才能得出答案。

開始我想不通她們如此不和，公司爲什麼還敢派這樣兩個人來同時接待客戶。但是漸漸地，我猜出這其中的妙處來：因爲兩人的意見往往相左，如果你不同意此，就一定會贊成彼。而彼與此都有充分的理由和完整的計畫可以說服客人與公司合作。這樣，無論兩人誰獲勝，公司都一樣受益。「王朝」的老總的確有統治一個王朝的心計。

爭執間，宋詞一隻手忽然微微顫抖，不時去領口處拉扯。一枚玉璧從領口跳出來，我無意中看到，忽然目瞪口呆，半晌，才口吃地請求：「宋小姐，我可以看看你的玉嗎？」

「當然。」宋詞爽快地從脖子上取下玉墜。

我立刻緊緊地攥在手裏，彷彿攥著自己的命，一顆心幾乎停止跳動。

這是一枚極完美的龍紋玉璧，一望可知是出土古玉，因爲表殼有瑩潤寶光，是埋於地下多年，沾染色沁後，以人氣貼身珍存，慢慢盤玉數十年成就的。通體翠綠，底端忽然轉爲瑩白，隱隱有青黑色，玉匠因地制宜，將翠的部分雕成龍，卻在玉的部分沿天然紋路刻出絲絲縷縷的雲卷雲舒，刀工精美，細如髮絲，龍蟠雲上，巧奪天工。多年不見天日，並未有損它分毫銳氣，相反，更使它有種溫潤含蓄之美。

最美的玉，發出最柔和的光。這是一塊不折不扣的寶玉。

我抬起頭，額上沁出密密一層細汗：「你這塊玉，哪裏來的？」

宋詞見我目不轉睛地看著玉璧，有些得意，語氣卻偏偏刻意平淡：「是別人求我爸辦事，當禮物送給我爸的。據說那人的祖上是個盜墓賊，有一次盜了個古墓，發現上百塊好玉，就此發達了，在琉璃廠開了鋪子，輝煌了幾代，可是後來不知怎地又弄窮了，只差沒有再去盜墓……我看這塊玉雕得可愛，就跟我爸要了來，到底也不知道是什麼年代，唐小姐，你是行家，給估個價兒吧。」

我把玩龍璧，只覺無限辛酸湧自心底，那種熟稔的親切感又浮了上來，我發誓，這玉璧我見過的，而且，圍繞它曾經發生過許多故事，只是我不小心忘記了。我好像忘記了很多不該忘的事情，是什麼呢？

宋詞輕輕催促：「唐小姐……」

我定一定神，緩緩解釋：「這是一塊出土古璧，一下子很難判斷真正年代，若是單憑雕琢工藝來看，倒像漢代的古物。通常出土古玉都會有色沁，很難除掉。有時費盡心力把皮殼剝掉了，玉也就毀了。唯一的辦法，是靠人氣來養它。就是把玉貼身帶著，有時間就用手慢慢摩挲，這樣過個三年五載，說不定會將表面的土氣去掉，現出臘肉凍的顏色來，過個三五十年，則可將色沁完全消除。但是除去色沁後，能重新養出寶光，非得近百年功力不可。而且，能將光澤質地恢復得這樣好，不損玉氣的，就更加難得。那個盜墓賊既然能在一個墓中發現上百塊玉，說明墓的主人非王即相。因爲古代皇族有以玉殉葬的傳統，商紂王在牧野與周武王決戰失敗，就曾把五千塊玉器裹在身上登鹿台自焚身亡，與玉同殞。所以可以判斷，這塊玉的原主人應該是一位古代貴族。而這塊玉璧的價格，少說也在幾十萬之數……」

「呵，那我不是發財了？」宋詞笑起來。

元歌多少有點醋意，微覺不耐：「我們接著說場地的事兒吧……」

「不用談了。」我交還玉璧，在這一瞬間已經做出了決定，「細節等明天簽約後再談不遲，我們先把合同簽了吧。」

# 三

## 童年的雪燈籠

他很認真地想了又想，忽然問我：「你今年幾歲？」

「六歲。」

「好。再過十二年，等你滿十八歲的時候，我就回來娶你。」

「真的？」

很難說清決定簽約那一刻的心情。

那不是果斷，也不是衝動，而是一種認命，一種面對命運衝擊時震撼的接受。只覺得有緣至此，夫復何言？

中國人對於「一見如故」這種情況有許多形容，諸如「三生有幸」、「緣訂三生」、「一見傾心」、「傾蓋如故」、「似曾相識」……而最準確的一種，便是「緣份」。

誰能說唐詩宋詞元歌沒有緣呢？

與這樣的緣份相比，一紙合同幾乎微如草芥，不值一提。

「你答應把生意給我們做了？」元歌和宋詞一齊驚喜地叫出來。

我點點頭，心頭那絲震撼依然動盪不絕。還有什麼可猶豫的呢？

一切都是註定的。

唐詩遇到宋詞和元歌是註定的，宋詞佩戴著那樣一塊溫潤得直抵人心的寶玉也是註定的。

「玉」便是「遇」，這是天意。

我望著她們倆，自心底裏感到熟稔，一種刻骨銘心的親切感。只是，我不明白老天做了這樣的安排，要暗示什麼呢？

元歌仍在歡呼：「太好了，沒想到談判會這樣順利。唐小姐，同你做生意可真是爽快。來，爲了我們的合作成功，也爲了有緣相見，不如我們出去慶祝一下。」

「好，我請客。」宋詞附和。

「那怎麼行？當然是我買單！」元歌對我眨眨眼，「其實誰買還不是一樣？都是公司報銷。不過那個掏錢結帳的過程很爽，如果不是掏自己的腰包，就更加爽。」

我笑起來。這次她們兩個倒難得意見一致。我喜歡她們，她們是兩個真正的白領，而沒有通常白領那種世俗化的通病。

來到餐廳，我本能地先讓宋詞坐：「你是左撇子，坐窗口吧。」

宋詞驚訝：「你怎麼知道我是左撇子？」

元歌笑：「一定是剛才開會時你寫字暴露的。」

「可是剛才我根本沒有拿過筆。」

「那就是端茶杯拿椅子露的餡兒。」

宋詞欽佩地看著我：「唐小姐，你真是細心，觀察入微。」

我苦笑，心頭錯愕不已，不，不是剛才觀察到的，是我根本就知道。我知道宋詞這個人，也知道她戴的那塊玉。可是，我爲什麼知道這一切呢？

侍者送上菜譜來，宋詞讓我點菜，我推辭：「我又不懂點北京菜，你是老主顧，還是你來吧，我什麼都吃得。」

於是宋詞做主。我提點一句：「別忘了點甜品，元歌喜歡吃的。」

「咦，你怎麼知道我喜歡甜品？」

「你喜歡甜品嗎？」我怔忡，「我隨便猜的。」

「我嗜甜如命呢。」元歌讚歎，「唐詩，你要是個男人，我一定愛上你。又斯文，又細心，又會做生意，文武雙全。」

我羞赧，這人拍馬屁有一套，可以把人拋上天去，只不知跌下來時有沒有人接著。

邊吃邊聊，我漸漸知道她們兩個也都不是北京土著——宋詞在蒙古出生，騎馬背，喝羊奶，直到小學畢業才闔家遷至北京，所以性格有點像男孩子，她的父親是政府官員，與「王朝」總經理有點交情，遂將女兒推薦至公司出任製作部經理，情況約等於李培亮之於「再生緣」；而元歌的家在廊坊，算是近郊，師範學院畢業後，一個人單槍匹馬來到京城打天下，從廣告業務員做起，兩年跳三級，升至創意部經理。

我也將自己的經歷向她們合盤托出：小時候在農村，六歲去台灣。這次來北京，是我出去後第一次回內陸。可是不知道爲什麼，我完全沒有陌生感，彷彿故地重來，連風的氣息都有一種熟悉的味道，在風中，時時聽到有聲音在輕輕呼喚我的名字，一個我自己不知道的名字，兒時的名字，我知道那是在叫我，可是聽不清。走在北京的街道上，我總有一種感覺，好像隨時轉過某個街口，就會迎面撞上一個熟人。我總覺得，生命中有什麼重要的事情被我忘記了，現在忽然想起來，可是又記不清楚。而當我遇到她們兩個時，這種感覺就更強烈了。

「會不會是因為在電視或者雜誌上常常看到有關北京的消息，所以來到這裏才覺得似曾相識？」元歌幫我分析。

我搖頭：「那種熟悉感，不是因為我看到什麼具體的建築或者景物，而是因為那種氣息。從在北京機場一下飛機開始，我就有種很強烈的感覺，好像有什麼重要的事情要發生了，關乎我的一生。每走一步，這種感覺就更強烈一分。可是，我想像不出，會是什麼樣的事情。那種感覺，有些興奮，有些緊張，又有些擔心。我真不知道該怎樣形容。」

「也許，那重要的事情，就是要你認識我們兩個吧。」元歌嬌笑，「你不覺得我們三個的名字巧得出奇嗎？」

「唐詩、宋詞、元歌，像不像藝名？」宋詞也笑，「好似瞎子琴師教出來的三個女伶。」

「為什麼琴師一定要是盲的？」元歌抬槓，「我說應該是陶淵明養的三朵菊，林和靖種的三株梅，齊白石筆下的三隻蝦，徐悲鴻紙上的三匹馬……就算做戲子，也一定是哪個戲班的三個台柱子，紅得發紫的那種。」

「紅又怎麼樣？戲子終究還是戲子。」

「那可不一樣。就像現在，不紅的叫演員，紅的就叫明星，身價差遠著呢！」

「好了，元明星，要不要請你簽名呀？」宋詞諷刺。

元歌不以為忤，迅速接口：「這個麼，請你問我經紀人。」

我笑起來，聽著兩人鬥嘴，那種似曾相識的感覺又來了。

我們沒有要酒，可是咖啡也是會醉人的，我小口小口地啜著，已經醺然。曾幾何時，我親眼目睹過宋詞和元歌兩個人，也像此刻這樣，針鋒相對，寸步不讓。那嬌俏的表情，那惱怒的眼神，多麼熟悉！

可是，我明明是今天才認識她們呀，因爲一紙合同。

我弄不明白了，到底我是爲了玉飾展才來北京的，還是玉飾展根本只是讓我來北京的一個契機，而冥冥中其實早有安排，註定我要與宋詞元歌相遇相識，一起去尋找我們共同的回憶。那些湮沒在記憶深處的陳年往事，那些不可碰觸而又無時或忘的心痛，到底是些什麼呢？

直到這時候，我才有機會細細打量宋詞。

她屬於那種骨感美的典型，眉形整齊，與峻挺的鼻子橫豎分明構成一個「T」字，稜角突出，輪廓鮮明，倒有些像歐洲人的臉型。但是到了下半部，因爲嘴唇的小巧與豐滿，整張臉的線條忽然柔和起來，平添了幾分稚氣，這使她所有的性格與倔強都變成小孩子的賭氣，有種嬰兒般的天真。而這天真裏，寫著不甘心、不服氣、不安定、不知所措等種種情緒。

這是一張美麗的臉。

這是一個不快樂的女子。

這張臉我見過的。還有她戴的那塊玉。

在哪裏呢？

回到賓館時，天已經完全黑下來，輕盈的月光在衣間流動，風微冷，帶著玉蘭的香氣，星羅棋佈的夜空有鳥飛過的痕跡。是燕子吧？

無可奈何花落去，似曾相識燕歸來。

我，可認識那隻燕子？

爸爸說過，我是在北京出生的。難道，那時我已經有了記憶？爸爸還說，我出生的時候，他還不知道爺爺仍然活著，並且已經在台灣另娶，還以為自己是唐家唯一的根呢。唐家幾代單傳了，到我已經是第五代，所以十分緊張，天天祈禱著能生一個兒子。而且每個人看著媽媽的肚皮，看著她邁左腳跨門檻兒，都猜測會是個兒子。可是，老天騙了他，生下我這麼個丫頭。

據說生我那天，父親搖頭又搖頭，歎氣又歎氣，可是想想是第一胎，也就接受了，誰知道緊接著下放，媽媽傷了身體，再也不能生了，他們只得接受今生只有我一個獨生女兒的事實。而到了台灣不久，叔叔又出了車禍，年幼的我成了偌大唐家玉行的唯一繼承人，從此被當成男兒教育。

我在各色各質的玉器堆裏長大。最先擁有的玩具，是「玉」，最先熟悉的顏色，也是玉。世界對我而言，不是很明確的紅橙黃綠青藍紫，而都是一些中間色，比如翠綠、碧青、鸚哥綠、丹砂紅、羊脂白、茄皮紫，以及各種各樣的色沁。

所謂沁，是指玉在地下待久了，周圍礦物質的顏色就會沁到玉裏，形成不同的顏色。而我，我是「玉沁」，整個人從小到大活在玉的包圍裏，耳濡目染，腦子裏全是有關玉的知識。生活非常簡單。就是玉。玉的鑒賞、收藏、雕琢和經營。

奇特的是，我對玉天生有種極高的敏感度和穎悟力，真僞好壞，往往一言中的，師傅教過的知識，過目不忘；師傅沒教的，也可觸類旁通。選玉辨玉，眼光奇準，連玉行最高級別的匠人也對我這初生牛犢不敢小覷。

爺爺很是驚喜，感慨說我雖然是個女兒，可是不愧爲唐家的後代，這便是天意了。從此不再提起那套重男輕女的老論調，也不許別人提，只一步步著意將家族生意交到我手上。這次進京宣傳，便是一次重要的歷練。

可是沒想到，一到北京就發生了這麼多奇事。

我有種感覺，來京好像不是爲了做生意，而是爲了尋找一些失落的記憶。那些記憶，沉睡在我心靈的最深處，只等北京的風將它喚醒。

同時，我心裏還有一個小秘密，一份深藏的渴望，儘管，我知道實現的機會是多麼地微乎其微。那就是，我想尋找一個人，一個故人。

躺在床上，我習慣性地取出一隻木刻的小燈籠，點上蠟燭，看燭淚一點點滴落。

燭光中，有張陽光般的笑臉對我開放……

恍惚又回到短牆旁。

那年，我六歲，他八歲。相遇的地方，是家門前矮矮的籬笆牆。

剛剛下過雪，空氣中有種凜冽的清爽，鋼藍的，拍上去似乎可以發出脆響。

他坐在牆垛上吹口哨，看到我，問：「你叫什麼？」

「丫頭。」那時，我並不知道除了「丫頭」外自己還有什麼別的稱呼。「你呢？」

「張國力。」他答得很大聲，氣壯山河的。

於是我覺出自己名字的土了，有些不服氣，忙忙地補充：「我爸爸是大夫，會給人治病。」

「我爸爸……」他轉了轉眼珠。只有八歲，但已經懂得許多，很會顧左右而言他，「你呢？」仍然問，

「我爸爸會講故事。」

「你會講故事嗎？」

爲了那些故事，我打開了籬笆門，消除了所有的隔閡與戒備。並且對他崇拜得五體投地。

小紅帽，人魚公主，白雪公主與七個小矮人，還有賣火柴的小女孩……都是那個時候聽來的。

我記得很深。

這以後我一直很喜歡看書，尤其嗜讀童話，不得不說是得益於張國力的啓蒙。只是，不知爲什麼，我看到的童話書往往和他當時講述的內容有出入，後來我想明白大概是他記不清楚就故意東拉西扯。可是小時候我不會這麼想，那時我堅信他是對的，而那些童話書翻譯錯了，真正的原版，是張國力版。

除了故事，他還給我講過很多新鮮的事兒。他去過很多地方，見識不知道比我廣多少倍。他甚至去過遙遠的哈爾濱，見過那種只有童話裏才會有的冰雕的燈。

「冰燈呀！」我神往地讚歎，又渴望地仰起頭，「你會做嗎？」

「我不會做冰燈，不過，我會做雪燈籠。」他說做便做，隨手握起一團雪，捏實了，用小刀剜得中空，圓圓的，像蓮花開，然後插上一隻蠟燭，點燃，就成了。

我忍不住拍著手跳起來：「雪燈籠，雪燈籠！」

他笑瞇瞇地欣賞著自己的傑作，臉上不知是因爲興奮還是受凍，紅通通的，耀眼，而他的笑容，那樣燦爛明朗，沒有一絲陰影，讓我連天冷都忘記了。

他笑著，忽然想起了什麼，重新又掏出小刀來，一筆一筆，細細地，認真地，在燈壁上劃下「張國力」三個字，很認真地說：「看，這就是我的名字。張國力！」

張國力。那是我最初識得的字。忘不了。

童年的心中，從此認定一尊神，神的名字叫張國力。

張國力對我而言，代表了朋友，兄長，老師和情人。

是的，雖然那時候還並不知道「夢中情人」這個成熟的詞，可是的的確確，從此張國力一再地出現在我午夜的夢裏，延續著白天的相聚。

在農村，因爲我家是外來戶，因爲我的南方口音，還因爲那些說不清道不明的沒邊沒際的夢境，我自小是個孤僻內向的孩子，在張國力之前，並沒有過一個夥伴。

認識張國力的那天晚上，我好激動，千百次地對自己重複著：「我有朋友了，我有一個朋友了。」

這個朋友來得這樣及時，閃亮，而且，無所不能。

他很會打架，曾經帶著我打遍了那些欺侮過我的鄉村孩子，而最特別的是，他卻並沒有因此成爲農村孩子的眾矢之的，反而成了他們的領袖，無論他出現在哪裏，身邊總會立刻聚集許多追隨者。而我，則是最忠實的一個，對他言聽計從，寸步不離，並且因爲他對我的格外溫和而無比驕傲。

那麼多的孩子中，他和我玩的次數最多，並不因爲我是一個無用的小女孩而嫌棄。這使我更加死心塌地的崇拜他，曾經，童年最大的渴望就是可以永遠同他在一起，日夜相隨，永不分離。對我而言，靠近他，就靠近了溫情，快樂，知識和幸福。

他教會我許許多多的遊戲，但最喜歡的一種，還是製作雪燈籠。

那年冬天很多雪，我們常常做了雪燈籠來玩，搓著手，跺著腳，很冷，但是很開心。

而且約定了，以後每年下雪都要做雪燈籠。

可是，冬天還沒有過完，他就忽然說要搬家了，他說，爸爸「摘了帽子」①，他們要走了。

我不懂什麼叫「摘帽子」，只朦朧地知道是喜事。可是，我卻一點也不高興，哭紅了眼睛拉著他問：「你還會回來嗎？」

他很認真地想了又想，忽然問我：「你今年幾歲？」

「六歲。」

「好。再過十二年，等你滿十八歲的時候，我就回來娶你。」

「真的？」

「拉勾！」

我伸出手。兩隻凍得紅紅的小手指勾在一起，拉過來，拉過去。

六歲，尚自情竇未開，卻早早地許下了今世的白頭之約。童稚的聲音，奶聲奶氣，卻十分莊嚴。「拉勾，上吊，一百年，不許要！」②

一百年，很長了。一百年都不反悔，那是定定的了。於是放心地鬆開手，向地上吐一吐唾沫，再用力地跺兩跺。

不知是什麼時候傳下來的規矩，但是小孩子都信，歷久沿習。

而且還有信物，是他親手雕刻的一盞小小的木頭燈籠，蓮花型的，外壁不忘了刻上他的名字：那氣壯山河的「張國力」。

然後我們就分開了。

夏天來時，我的家也搬了，一搬搬到台灣去，中間再也沒回來過。台北的冬天沒有雪，我常常以為自己會忘記他，可是每每提起筆，他的名字就會自動浮起，於是，我會用心地在紙上一筆一劃地描出：張國力。

字體童稚而執著，是刻意的模仿，他小時的筆劃。

張國力。生命中最初的文字，一生一世，忘不掉。

而那盞木頭木腦的小燈籠，更是刻不離身。

那是媒定。一個八歲男孩給六歲女孩的媒定。在大人的眼中它也許只是一時之興的玩物，可是我信，我永遠記得那句「拉勾，上吊，一百年，不許要」的誓言，那是比任何山盟海誓都更加誠摯真切的，它們就像張國力的名字一樣，刻進了我的生命中，永不磨滅。

對雪燈籠的思念無時或忘，隨著一天天長大，那種思念的意味漸漸多了別的含意。台灣的孩子早熟，早在初中已經開始學大人拍拖。當同學們都在精心實踐自己的初戀故事時，我卻將自己緊緊地封鎖起來，抱著我的木燈籠苦苦地懷念小山村裏的婚約，我告訴同學，我早就有未婚夫了，他的名字，叫張國力。他說過十二年後會來娶我。他到過許多地方，會很多本領，會講故事，會打架，戰無不勝，他說的話，一定算數。

他說過，十二年後，會來娶我。

可是現在，已經十七年過去了，他回去過那落雪的小山村嗎？他還記得那個連自己的名字都不知道的傻丫頭嗎？如果我帶著我的木燈籠來到他面前，他還會履行當年的約定嗎？

蠟燭的淚已經滴乾，燭焰歎息地搖了搖頭，熄滅了。

不知道今天晚上會做一個怎樣的夢，不知道那個夢中的男人在今夜會不會終於回過頭，他的樣子，像張國力嗎？長大的張國力，會是個什麼樣的英俊青年呢？

我把木燈籠抱在胸前，睡著了。

① 指平反了右派冤案。

② 「拉勾，上吊，一百年，不許要」，為小孩之間的約定，勾勾小姆指，再以大姆指蓋印認定。

# 四　那個青年名叫張楚

我終於是愛上一個真實世界裏的人了對不對？
他總比童年記憶中的張國力更有可能性吧？
木燈籠燭光搖曳。
張國力，我可以不再等你嗎？

再見到小李時，他問我：「怎麼樣？」

「什麼怎麼樣？」

「那兩位女經理呀。有緣吧？難纏吧？」

「的確讓我見識匪淺。」我笑，又忍不住勾起心事來，「不知爲什麼，我覺得和她們不是第一次見面，好像早就認識似的。」

「成語裏管這種交情有個現成的形容，叫做『一見如故』。」

「不，不是『如』故。」我搖頭，「根本就是故舊重逢，我可以清楚地說出她們的某些特徵，比如宋詞是左撇子，而元歌喜吃甜食。我堅信她們就是我夢裏的人，或者，是前世相識。」

「你們女孩子就是喜歡故弄玄虛。動不動就是什麼夢中人呀，前世今生呀，語不驚人死不休的。」小李不經意地笑，「不過就是名字相像嗎？巧合罷了。」

我不服氣：「你聽說過這樣的巧合？」

「怎麼沒有？告訴你一個真實故事：小學時，我的同桌姓戴，叫戴小軍。」

「沒什麼特別呀。標準大陸六七十年代出生的孩子的名字。」

「聽我說完——有一次我們交表格，我無意中看到他父母姓名那一欄，父親叫做庶本，就是『以庶民爲本』那兩個字；而母親姓于，叫文淑，就是……」

「文靜嫻淑對不對？這也沒什麼特別。」

小李的眼睛充滿笑意：「這樣分開來念當然沒什麼特別，可是你連在一起讀讀試試。」

「戴……庶本、于文淑……」我忽然醒悟，暴笑出來，「代數本、語文書！天哪！」

「你說巧不巧？」

「都不像真的。」

「千真萬確，編都編不出來這樣的巧事。最好笑的是，他父母做夫妻幾十年都沒發現這一點，還是被我無意中叫破的。」

「天哪！」除了叫天，我已經不會說別的。

「所以，生活中無奇不有，只不過，你看別人會覺得那是巧合，發生在自己身上，就以爲天降大任於斯人，盲目自大起來。」小李勝利地攤一攤手，「其實，把巧合簡單地看做巧合，就什麼事也沒有。」

聽他這樣說，又好像沒有道理。我笑了：「今天來找我，安排了什麼好節目？」

「遊長城如何？或者去康熙草原騎馬？」

「太遠了，」我猶豫，「好辛苦，有沒有近一點的地方。」

「那麼，爬香山？」

「香山？不是說秋天的香山才好看嗎？現在又沒有紅葉。」

「誰說香山只能在秋天看？」小李頗維護北京旅遊業的聲譽，「香山是屬於四季美那種的，只不過漫山紅葉時更壯觀而已。但是綠葉如蔭的香山也很美呀，而且山下還有雕樓，有團城舊跡，有臥佛寺，有黃葉村，有曹雪芹故居……」

「曹雪芹故居？」我立即來了精神。「我要去曹雪芹故居。」

曹雪芹故居在黃葉村。

黃葉村在香山腳下。

香山在北京城的西北角。

我們到的時候，已經是黃昏，瀕臨閉館，空氣中有種蒼茫的意味，總彷彿在催促：來不及了，來不及了！

小李還在買票，我已經迫不及待地踮起腳尖往園子裏望，甬道上有個人影一閃，十分眼熟。他是……

哦，他是那天送我畫報還幫我付車資的那個青年！我忍不住叫起來：「哎，你！」一邊急追過去。

可是，看門人攔住了我：「你的票？」

「我的票？」我大窘，「正在買呢。」

好在小李及時舉著票來救了我的駕，看門人還是給了我一個老大白眼：「買了票再進嘛，急什麼？就差那麼幾分鐘？」

青年的身影。

我顧不得回話，拉著小李就往裏跑，可是，庭院裏草木稀疏，人跡雜遝，哪裏還有那

小李問：「你剛才喊誰呢？」

「一個男人。」

「你夢裏那個？」

「胡說。」我瞪小李一眼，「是在北京才認識的，還不知道名字呢。」

「他是欠了你錢還是長得特別英俊，讓你唐大小姐這樣緊張？」小李繼續打趣。

我有些悵悵地：「他沒有欠我錢，倒是我欠了他的。」

同那青年的失之交臂，讓我突然發現，原來，他留給我的印象是這樣美好深刻，原來，我一直很希望再見到他。

我在人群中東張西望，腳下頗有點不知所之。小李抱怨：「你根本沒心思參觀，你是在找人。」我不禁抱歉：「不不，我很想好好參觀一下曹雪芹故居的，想了好久了。」忙收攏心神，將注意力放在那些庭院建築，條幅聯楹上，又特意到曹雪芹像前行了禮。

我不是一個拜神主義者，也沒有什麼偶像，但是，對曹雪芹，我是發自內心的一種敬仰、崇拜，視爲神祇。從小到大，《紅樓夢》看了無數遍，總是忍不住想入非非，怎麼可以夢遊大觀園，同曹雪芹長談一次，讓他告訴我後四十回的真正結局呢？那種想法，常常令我心癢難撓，輾轉反側。

然而，當真踏進所謂的曹雪芹故居時，卻不知爲什麼，讓我忽然有種距離感，不真實感。這裏真的是我心中的大師曹雪芹曾經居住生活過的地方嗎？他就在這裏「批閱十年，增刪五次」，將《石頭記》最後完成至《紅樓夢》？如果他住在這裏，那麼脂硯在哪裏？《紅樓夢》的後四十回遺失了，若是將此地掘地三尺，會不會意外發掘出一份精心保存的原稿？會不會，一百年前，曹雪芹在最後完成了《紅樓夢》的著述之後，將它密密裝裹，用一個極妥善的辦法收藏在不朽的甕裏，像妙玉貯雪水那樣，用一個「鬼臉兒青」把書稿藏了埋在地下。然後，他再故意將其他的散稿收回銷毀，讓《紅樓夢》永遠殘缺，同所有的世人開了一個天大的玩笑。會不會呢？

正自神遊天外浮想聯翩，身後傳來輕輕的吟誦聲：「蓬窗牖戶，繩床瓦灶，並不足妨我襟懷；晨風夕月，階柳庭花，更覺得潤人筆墨。」

這正是《紅樓夢》開篇曹雪芹自詡的句子。是誰？誰這樣知情解趣，說出我心中所想？

我回過頭去，忍不住心神一震，是他，是那個四合院裏的青年。剛才到處找他不見，卻原來離我這麼近。那種感覺，就好像一句詞：「眾裏尋他千百度，驀然回首，那人卻在，燈火闌珊處。」

一種鈍鈍的喜悅和隱隱的疼痛從心中升起，彷彿我已經尋了他好久好久，彷彿我一直在期待這樣的一次重逢，彷彿已經預知命運的安排，彷彿山雨欲來山洪欲發只待一聲令下。震撼過度，我反而不曉得該怎樣搭話。

那青年接觸到我震動莫名的眼神，有些驚訝，沒有認出我來，只是微微地一頷首，轉身離去。

直到他的身影消失在門後，我才如夢初醒，不行，不能再讓他跑掉，這次錯過了，下一次，我可去哪裏找他呢？小李還在一旁對著雪芹像左拍右拍，我顧不得打招呼，直追出去，至於到底爲什麼要追，追到他之後又該說什麼，卻沒有想過。

在垂花門裏的竹林旁，我追上了他：「請等一等！」

他停下，驚訝地看著我，並不詢問。

不知爲什麼，我的眼睛有點潮濕，雜亂無章地開口：「我是唐詩，我們見過的，在四合院，我還欠你十塊錢呢，謝謝你的那些畫報，我天天看……」

他想起來，笑了：「原來是你。在北京玩得好嗎？」

「很好。沒想到可以再見到你。」我沉浸在重逢的喜悅中，「我剛剛進來，你呢？」

「我已經逛完了，正打算回去呢。」

「這麼快？」我深深惆悵。

他看出了我的失落，想了想說：「穿過這個竹林後面有個茶舍，要不要去坐一會兒？」

「當然！」我禁不住雀躍，已經完全把小李忘在了腦後。

竹林間的石子路上長滿青苔，濕滑地，我打了個趔趄，被他扶住了。他自然地牽起我的手，引著我走出竹林。我心中忽然有種奇妙的感覺，癢癢地喜悅，說不清楚。竹林間有種遊蕩的暮色在飄流，給林間平添了一種幽深的意味，我覺得好像在隨他走進一個美麗新世界，一個愛麗絲的仙境。又似乎，不論他將帶我去什麼地方都無所謂，只知道，跟著他是安全的，美滿的，平和的，滿足的，一種再無憂慮思疑的鬆馳。

我們在茶舍前的樹墩子上坐下了，他揚手叫了兩杯茶，玩笑地說：「這是妙玉從梅花上收雪烹的茶，難得的。」

我也笑著，說：「剛才我還在想，曹雪芹會不會把《紅樓夢》的原稿像妙玉那樣，用一個甕收在地下藏著呢。後四十回遺失，是全世界文壇的一大損失。」

「也未必，也許這就像維納斯的斷臂一樣，未嘗不是一種缺憾美。有誰能想像維納斯長著兩條胳膊的樣子呢？要是有一天人們真的發掘出了一樽四肢齊全的維納斯，帶給我們的未必是狂喜，說不定反而會感到巨大的失落。」

「那也是。」我表示同意，「我小時候在鄉下有個小朋友，他很會講故事，給我講過許多童話，後來長大了我看到原著，發現和他講得不大一樣，我一直都不肯相信是他錯了，總覺得版本不對。後來想明白可能真的是他錯了，還很難過呢。」

「在鄉下？」他微微一愣，燃起一支煙，帶著絲沉思的神情，慢吞吞地問：「是台灣的鄉下嗎？」

「不是，是內地。我小時候在大陸，六歲才去台灣的。我一直有個願望，可以再見到那個講童話的小朋友，他曾經送給我一盞木頭燈籠，還和我有過一個一百年不許要的死約定……」我發現自己講著講著就跑題了，不好意思地笑一笑，又繞回來，「不管怎麼說，我還是忍不住要猜想《紅樓夢》的後四十回，想像寶黛釵的真正結局。我有很多問題想問曹雪芹，都快把自己憋死了。」

「哦，是什麼問題？」不知爲什麼，他似乎有些心不在焉。

我望著他，認真地問：「你說，王熙鳳會寫字嗎？」

「什麼？」他愣了一下。

「書裏面說王熙鳳不大識字。可是賈王史薛四大家族一樣的規模，都是禮義之家，史湘雲薛寶釵以及元迎探惜姐妹都是打小兒上學的，琴棋詩畫樣樣精通，怎麼獨獨王家卻不讓女兒上學呢？而且王熙鳳取的是個男兒名字，說明王家很是望女成鳳，又怎麼可能不讓她念書識字呢？所以，我懷疑，王熙鳳不識字是假，爲了逃避入宮，或者，就是王熙鳳小時候太有才氣，殺伐決斷比男孩子都強，讓父母害怕了，所以不給她讀書，就像武則天殺馬令皇室驚動一樣，人們不希望一個女孩子過分優秀。」

「有道理。」他輕輕撫掌，談興也濃厚起來，「其實，《紅樓夢》裏有很多這樣的自相矛盾，就好像曹雪芹有意留下許多破綻讓後人來思索似的。像妙玉，一個四海爲家到處掛單的女尼，收藏的茶器之貴重連賈府也難與匹敵；說是官宦家的小姐，因爲怕養不活才送到庵裏帶髮修行的，還特地跟著幾個貼身女傭伏侍她，這樣的陣仗，在賈府好像也並沒有真正受到多少尊重，倒充滿了落難公主的意味。而且，這樣的千金小姐，卻在賈家一住多年，老家連個來人打問都沒有過。所以我猜想，會不會她就像甄家一樣，是被抄過家的名門之後，僥倖逃命出來被賈家收容的。所以才會帶髮修行，而又凡心未泯，只因爲出家根本就是一種逃避，掩人耳目的。」

「欲潔何曾潔，云空未必空。可憐金玉質，終陷淖泥中。」我輕輕誦著「金陵十二釵」裏妙玉的判詞，心裏豁然開朗，「賈府抄沒，按理與僧尼無關的。可是妙玉最終還是跟著落魄了，原因必定是她除了賈家之外沒有別的去處可以投奔，或者乾脆就是跟著賈家一起敗露身分，說不定，賈家被抄，她還是其中一條罪狀呢。」

「也或者，她跟著家廟轉移了。記得妙玉最喜歡的那句禪詩嗎？」

「縱有千年鐵門檻，終須一個土饅頭。」

「不錯，《紅樓夢》裏有個鐵檻寺，又稱饅頭庵，正同妙玉的那句詩相合。這大概就是預示了賈府其他人的命運了，他們後來不是都關在鐵檻寺了嗎？還記不記得有關賈芹的那首打油詩？」

「西貝草斤年紀輕，水月庵裏管尼僧，一個男人多少女，窩娼聚賭是陶情。不肖子弟來辦事，榮國府內出新聞。」我念完了笑起來，「一直覺得這段話太粗俗直白無趣味，很不像曹雪芹的筆墨，到底是高鄂續得不像。」說到這裏，忽然猛醒，「你是說賈芹把妙玉……不會的，這太殘酷了！」

「可是你想想看，這會不會很有道理呢？賈芹把庵堂當成淫窟，妙玉並不知道，賈家被封，她搬出櫳翠庵，最可能去的，就是賈家的其他家廟，比如水月庵。那麼，很可能便會落入賈芹的手中，那便是可憐金玉質，終陷汙淖中了。這便是一種曲筆的寫法。」

「但是仍然太殘酷了。殘酷得失去了美感。相比之下，我寧可喜歡黛玉和湘雲的結局：寒塘渡鶴影，冷月葬詩魂。我喜愛那樣的意境，清冷而婉約，如淒涼地微笑著拭去沁落眼角的一滴清淚，並在晚風中輕輕彈去，風因此而溫潤起來，呻吟如歌。」

當我這樣描述著的時候，忽然有一種隱憂，怕他會笑我矯情，或者贊我浪漫，無論是哪一種感慨，都將令我寂寞而窘迫。以往，每當我這樣深深地陷入文字的迷陣中，朋友們都會驚訝地答一句：「你說話好像做詩耶，真有趣。」

可是，他沒有，他就像聽我說「今天月亮很好」「謝謝我吃飽了」一樣平和自然，並且毫無阻礙地接口說：「中國古典文學中講究『哀而不傷』，就是這一重意思了。」

我的眼睛忽然就濕潤了，心中被狂喜充滿。我終於，終於找到一個可以對話的人，終於可以同一個人僅僅因爲對話而無比興奮，誰能瞭解那種談話的快樂呢？它是比飽食美味佳饈或者考試得到個好成績以及抽獎中彩票都更加難得而令人心生感激的。

對著這樣一位從天而降的知己，我忍不住說出心底最深的秘密：「小時候，我一直有個奢望，想長大了重續《紅樓夢》，後來讀的次數越多，就越知道這是不可能的。可是，我一直盼望有個人，可以真正地揭出紅樓夢真相給我看。這個願望，和那個想找到木燈籠主人的願望一樣強烈。」

他又是微微一震，正想說什麼，這時候我聽到呼喚聲，是小李，他一路找來了。我驚跳起來：「天哪，我把小李丟了。」忙回應著，「小李，我在這兒。」

小李穿過竹林，抱怨著：「怎麼搞的，一轉眼就把你丟了……這位是……」

我替他們倆做介紹：「這是我的同事李培亮，這就是我欠他錢的那個人……」這時我想起談了這麼久，居然還不知道他的名字呢。

他笑一笑，主動伸出手來：「我叫張楚。」

張楚。他說他叫張楚，是大學古文老師。

好年輕的大學老師。好儒雅的青年。好英俊的張楚。

或者，他並不算十分英俊，可是，卻絕對稱得上英挺，英氣勃勃，挺拔傲岸，傲岸之中，又有種儒雅的味道，如玉樹臨風，超然物外。而那種超然的氣質，是那樣深深地吸引了我。

我莫名地歡喜，從黃葉村回來的路上，一時沉默得神遊天外，小李問我話也聽不到；一時又誇張地活躍，嘰嘰喳喳說個不停，話裏全無主題。小李幾次說我反常，我只是吃吃笑，不辯駁，也不解釋。

晚飯也沒吃就同小李告別了，託辭說太累了，想早點回去休息。可是回到酒店，卻又興奮得睡不著，心裏面像有一整支隊伍在操兵似地，紛至遝來，熙攘雜亂。有個名字，擂鼓一樣重複地響起：張楚，張楚，張楚！

發生了什麼事呢？這樣地心神不安，這樣地坐立不寧，這樣地情不自己，這樣地若喜還嗔。

站在酒店窗前，我拉開厚絨的落地窗簾和輕薄的軟紗襯簾望出去，月光斑駁地篩落在庭院中，隨風輕快地跳躍著，是一隻隻洞悉秘密的精靈。

風吹進來，我又想起張楚抽煙的樣子，煙使他的眼睛微微瞇起，有種無意地遠眺，帶著絲迷茫，又似沉思。當他開口說話的時候，眼中的憂鬱便一掃而光，彷彿雨霽雲開，令人驚喜地帥氣明朗。他微笑，專注地傾聽，髮絲在風中微揚。牽起我的手時，那樣自然，溫和，如同兄長。那一刻，我真有種期待，可以就這樣，將自己的一生一世，交付他手中，隨他走去天涯海角。

我驀地一驚，是嗎？在張楚牽起我手的那一刻，我曾經期待過永恆嗎？期待過一生一世的給予和接受，天長地久的長相依偎嗎？

如果，如果可以把自己所有的心思與盼望從此交付與那樣的一個人，該是多麼愜意美滿的事情！可以嗎？可以做這樣一個美好的夢，就此沉進愛河嗎？

愛？這種不期然的心動，這種慵懶的溫柔，這種渴望交托的期許，就是愛了嗎？自童年的張國力之後，終於又有一個活生生的男子走進我的心，讓我瞭解到什麼是愛的感覺了嗎？

是的，那是愛。如果這樣夜不成眠地念著一個人的名字還不算愛，如果這樣迫不及待地渴望下一次見面還不算愛，那麼，我真不知道愛情應該是什麼了？

可是，我該怎麼告訴他呢？該主動表白嗎？還是等待著他也愛上我？我要怎樣才能再見到他呢？主動約會他？或者到他任教的學校去找他？總得有個理由吧？就這樣冒冒失失地送上門去，未免太不矜持了。會被他輕視嗎？

我不知道該找誰請教，從來沒有試過戀愛，更沒有追求過男生，無法想像那該是怎樣令人心悸的一種往來。但是凡事都是有第一次的對不對？我終於是愛上一個真實世界裏的人了對不對？他總比童年記憶中的張國力更真實親近，可聞可見，也更有可能性吧？經過了對張國力的十七年的思念與等待之後，任何一個現實生活中的人都不會難得倒我了。我決定，要做一個勇敢的女孩子，對我喜歡的那個人，大聲地說愛。

木燈籠燭光搖曳，我望著它輕聲說：張國力，我可以不再等你嗎？

## 五　宋詞和元歌是一對前世冤家

我本能地預感到，宋詞這樣恨元歌，總有一天會出事的。
那種預感其實是自昨天見到她們第一眼起就開始了的，
但是在這一刻愈發清晰起來，
我終於知道自己一直深深恐懼著的是什麼：仇恨。

風從打開的窗子裏吹進來，拂動白色的紗簾。

如絮，如沙，掀動漫天漫野的迷茫。

我在迷茫中寂寞地走，永遠的流浪，無邊的孤寂。有閃電劃破寂靜，撕裂的雲層中，一張美若天仙的臉。

美，但是冷，不苟言笑，一付君臨天下的派頭，望著我幽幽地問：「爲什麼這樣對我？」

我一驚，驀然坐起，屋子裏空空如也，只有白色的窗紗在飄。是誰躲在紗簾後對我凝睇？

木燈籠已經熄了。餘燼猶溫。

我起身將窗子關好，翻個身再睡。

剛閉上眼，那女子又來了，那張臉，依稀彷彿，像宋詞，也像元歌。

元歌在暗夜中妖嬈地舞，妖嬈地舞，唇邊噙著一抹恍惚的笑，冷漠的眼神穿透了千古的黑暗，似嘲弄，似迷茫，長袖飛揚，身形如鬼魅，驀地一轉身，再回過臉來，已經面目全非，換作宋詞。

宋詞定定地望著我，眼神憂殷絕望，聲音如泣如訴，仍然執著地問：「爲什麼這樣對我？」

我覺得疲憊，可是這次再也醒不來，由得她在我耳邊一遍又一遍地盤問，將我折磨得滿身大汗。

是電話鈴聲救我出苦海。

元歌的聲音聽起來如早晨露珠般清亮悅耳：「唐詩，還在睡吧？可別忘了下午的會。對了，你的車子還在修理，不如我來接你一起去公司吧。」

她的善解人意非常得我好感，於是欣然同意。

拉開窗簾，才發現有雨，但不是很大，淅淅瀝瀝的，反而增添幾分春意。街邊的柳樹剛剛發芽，一片朦朧的新綠。但是過不了幾天，葉子就會暗下來，好像少女的青春，轉瞬即逝。

朝花夕拾，其實紅顏白髮的距離並不遙遠，幻想與現實，也只在一步之間。我莫名地傷感起來。

好在元歌很快到了，打斷了我的沉思。她今天的打扮與往日不同，濃妝，誇張的塑膠耳環，帶披肩的大麻花緊身毛衫，肥大的牛仔褲上到處都是口袋和補丁，手裏還拎著把嗒嗒滴水的花綢傘，一頭捲髮張牙舞爪，像個小太妹。

看到我驚訝的目光，她笑起來：「這樣不好看嗎？」

「好看。」我由衷地說，「你穿什麼都好看。」

真的，別人穿「三宅一生」是「矯情」，元歌穿則是「性格」；別人穿「乞丐裝」是

「發神經」，而元歌穿卻顯得「夠精神」。這叫「天賦」，羨慕不來。

我們先一同到酒店一樓喝早茶。

元歌說：「不知怎的，我一見你便覺得親切，好像認識了幾輩子似的。」

我笑：「有本著名的小說裏，男女主人公初次見面也說過類似的話。」

「我知道，賈寶玉見林黛玉嘛。」元歌嬌笑，「賈寶玉問林黛玉：妹妹可有玉？妹妹沒有，哥哥便惱了，要砸玉。」

我知道她指的是昨天我向宋詞借玉來看的事兒，沒想到現在還耿耿於懷，不禁笑了。

元歌說：「我就想不明白玉有什麼好，石頭記罷了。古玉更不好，死人用過的東西，整天戴在脖子上丟來蕩去，像不像隨身附著個小鬼兒？尤其有種玉蟬，聽說是人死後塞在嘴裏封口的，也有人挖出來掛在脖子上說是當護身符，嚇不嚇死人？」

我更加好笑：「簽約前你可不是這麼說的。你說玉是中國七千年文化的沉澱，什麼言念君子，溫其如玉的，說玉是一件斯文佩飾……」

「那是爲了投其所好、誘你入彀嘛！我不那樣說，你會相信我的誠意嗎？那時你是客戶，我當然只有順著你說。但是現在我已經當你是朋友了，自然就要說實話啦。喜歡就是喜歡，不喜歡就是不喜歡。哪，我鄭重宣佈，我是不喜歡玉的。」

「你是不喜歡玉呢？還是不喜歡宋詞戴的那塊玉？」我拆穿她，「都說廣告公司的創意部和製作部向來是天敵，但是你們倆好像特別有仇。」

「是她對我有成見，仗著自己出身好，有個當官的老爸，誰都看不起，處處與我爲難。」

「其實你也不簡單呀。」我贊她：「北京藏龍臥虎，機會雖多，競爭也最劇烈，能夠脫穎而出又坐穩位子，一定很不容易。」

元歌苦笑：「那有什麼用？別人才看不到我付出的努力，都認爲我憑的是一張臉。」

「你是說宋詞？」

「她明裏暗裏罵我是狐狸精。」

「爲什麼會這樣呢？」

「秦歸田那個老色鬼嘍。」元歌抱怨，「他是公司副總經理，管人事的，每次招聘，見男的就板一張臉，見女的就嘻皮笑臉，有時候還突然摸一摸抱一抱，說是試驗女業員在面臨突發狀況時的反應。自從我進了公司，他就一直黏著我，有事沒事兒地說些不鹹不淡的話，弄得滿公司的人都以爲我同他有一腿。我又不好太分辯，只得虛與委蛇，宋詞就罵我沒骨氣。哼，我要有個好老爸，我也板起臉來扮骨氣，可是誰叫我出身貧門，沒有後台呢！」

「宋詞不怕秦經理？」

「當然了。全公司只有一個人敢當面罵秦歸田色狼，那就是宋詞。有一次她爲了礦泉水廣告的事和老秦吵起來，居然詛咒他早晚有一天被長統襪和避孕套悶死！」

「嘩！這麼大膽！」

「就算這樣，何董事長都拿她沒辦法。你說，我怎麼敢跟她比骨氣？我只要見秦老烏龜的時候笑容稍微少一點，都早吃了炒魷魚了。」

說起辦公室風雲，元歌嬌媚的臉上現出幾分滄桑。「說是已經男女平等，天下大同了，可是女人付出的總是比男人多，得到的，卻往往比男人少。除非，真的去吃男人的飯。」

我深覺同情，又不知如何勸慰，只得轉開話題：「我注意到，宋詞的手常常發抖，她是不是有什麼事？」

「她有輕微的帕金森綜合症，情緒緊張或者過於激動的時候就會發作，但是沒什麼大礙。」元歌嘲諷地笑，「標準富家子的富貴病，就像林黛玉的咳嗽，西施的心絞痛，多麼完美！」

「可是這種病很罕見呀，聽說只有老人才會得。」

「宋詞在心理上可不就是一個小老太婆？又保守，又古板，又固執，自以爲是。」元歌攻擊起對手來可謂不遺餘力，「這樣的老姑婆，誰見了誰倒胃。難怪連老公都保不住。」

「宋詞結過婚？」我吃一大驚。

「又離了。大概一年多以前的事兒吧，好像她的病就是從那時候得的。」

「真是看不出，她不像是一個離過婚的女人。」

「離婚又不會在臉上畫紅字，當然看不出。」元歌三兩句交代宋詞前塵，「她的前夫是個電器推銷商，同她在一次合作中認識，欣賞她的辦事能力，兩人一見鍾情，交往個把月即宣佈結婚，三個月後離婚。閃電速度。所以宋詞表面上看起來好像沒有太多已婚婦人的痕跡。但是交往一段時間你就會發現，她心理不正常，痛恨男人，更加痛恨那些招男人喜歡的女人。」

「你是說你自己吧？」

元歌「咯咯」笑：「她自己做女人做得頂失敗，就見不得別人得意。」

可是晚上宋詞送我回酒店時，卻又是另一番說辭：「元歌一找到機會就向人抱怨說應付秦色鬼是身不由己，可是背地裏，姓秦的一向別人獻媚她就受不了，想方設法自己送上門，打扮得妖妖調調的在七樓經理辦公室前晃來晃去，生怕姓秦的不上鉤，所以無論姓秦的怎麼對她都怪不得別人，純屬自取其辱。」

「元歌是有點虛榮，愛出風頭，愛拔尖，但是不至於下賤。」我替元歌打抱不平，「應付姓秦的，也許她是沒辦法，不這樣做，保不住位子。」

「但是保住位子的辦法有很多種，致力於工作是最簡單直截的做法，何必出賣尊嚴？」

「元歌說那只是應酬，她和秦歸田其實沒什麼的。」

「沒什麼？誰信？辦公室裏有個流行的段子，說如果有人報告有隻蒼蠅飛進辦公室，秦烏龜會下令立刻打死；但如果報告說有隻母蒼蠅飛進來了，秦烏龜會叫人把牠抓起來放到顯微鏡下觀察生殖器。元歌自己不尊重，秦烏龜會放過她？」

聽她這樣說，我又覺得有道理。呵，活到二十幾歲，到今天才發現原來我是一個沒有原則的人，耳根子又軟，明辨是非能力又差。我的聰明，僅限於判斷古玉或今玉，新仿或真舊。

宋詞又說：「元歌對物質的渴望近乎於變態，從早到晚，腦子裏唯一的事情就是穿新的衣裳認識新的男人，然後讓新認識的男人給她更多的錢買更多新衣裳——這樣的女子怎麼說也無法得到我的尊重，更不同情——比她值得同情的人多了，有那份心，不如捐贈失學兒童。」

不能說她說得不對，可是我仍然認為同為女性，原不必那樣刻薄。「如果元歌有好出身，衣食無憂，也許對金錢的需求便不至那麼逼切。」

「也許。但人不能選擇出身，可是可以選擇怎樣做人。沒有錢一樣能做到自愛自重，何況她並不是真的窮到為了麵包或者尊嚴而取捨兩難的地步。」

至此我發現宋詞對元歌的敵意並不是元歌所以為的那樣，因為妒忌，而是她打心底裏瞧不起她，輕視她，恨不得除之而後快。不知為什麼，她這份刻骨的輕蔑讓我覺得心寒，忍不住想說服她，希望她能對元歌好一點。我本能地預感到，她這樣恨元歌，總有一天會出事的，出很大的事，對她們不利。那種預感其實是自昨天見到她們第一眼起就開始了的，但是在這一刻愈發清晰起來，我終於知道自己一直深深恐懼著的是什麼：仇恨。

會議一連進行了三天，內容是有關玉飾秀場模特兒們的服裝定位。

宋詞和元歌一徑地針鋒相對，劍拔弩張，見到我，爭著投訴對方意見荒謬。但是世人的通病便是同情弱小，總的說起來，我是有些偏幫元歌的，時時勸慰宋詞：「她這樣設計也有道理，你配合一下嘛。」

「我配合她？哼，人頭豬腦，計畫書全不合理，都不知道她怎麼當上這個創意部經理的！古裝部分居然要自三代以前開始，唐宋元明清一一搬演下來，直到今時今日，照這樣執行，經費不知要超出預算多少！一點製作常識都沒有。」宋詞將一摞圖文並茂的計畫書摔在桌子上，滿臉的不合作。

但是元歌另有解釋：「你懂什麼？玉文化源遠流長，當然要自三代以前表現出來才夠氣派。製作部的任務就是在配合創意部計畫的前提下儘量少花錢多做事，一味貪圖簡單，把工作往省裏做，那還要製作部幹什麼？找幾個民工來不是一樣？」

我被她們吵得頭昏，不禁納悶：「你們兩個這樣一直吵一直吵，別的客戶是怎麼受得了你們的？」

「看客戶是男是女嘍。男的多半贊成元歌，女的就會偏向我。」宋詞笑，「客戶是上帝。」

「那我呢？我是女人，是不是應該同你步調一致才對？」

「你是例外。你不是客戶，是朋友。」

「元歌也這樣說。」

「她？哼！」提到元歌，宋詞永遠是這副不屑的表情。

我心平氣和地提醒：「宋詞，可不可以不要用鼻子說話？」

「就是，同那個賤人計較，把我的風度都帶壞了。」宋詞抱怨，又推到元歌身上。

日間的生活帶到夜裏去，我晚晚做夢見到兩人爭吵。

「是你居心不良。」

「是你欺凌弱小。」

「不要以爲他幫你，你就可以騎過我的頭去。」

「他幫我是他的事，騎過你的頭是我的事，你阻止得了嗎？」

「不要吵不要吵，不要吵可不可以？」我走上前求二人。

兩人齊齊回過頭瞪住我：「你是誰？」

夢在這時候醒來，睡了比不睡還累。

哼，我是誰？我自己也想知道我是誰？

晚上睡眠不足，白天又得不到休息，我忍不住告饒起來：「你們兩個可不可以不要再吵？」

兩人回頭齊齊瞪住我，面目表情同夢中一模一樣：「那你說。」

「我說？」我號叫起來：「又要我來拿主意?!」

「當然啦，你是客戶嘛!」

「你們要真當我是客戶，怎麼忍心這樣折磨我？」我悻悻，硬著頭皮來做女包公論斷是非：「完整地表演玉飾的發展史呢，也實在太破費一些；只選一個朝代做代表呢，又太簡單。或者可以這樣，大致分幾個段落，以背景圖案出現，至於台上的模特兒服飾呢，就只選一個朝代做代表。不然，我們也沒那樣全面的玉飾來表現朝代。」

「也是個辦法。」元歌沉吟，「反正有那麼些獸皮舞男在走台，可以考慮讓他們來表現三代以前的玉文化。」

宋詞大怒：「什麼舞男舞女的?你嘴裏放乾淨些!武士劍的專案是大家開會通過的，你何必夾槍帶棒?」

「我又沒說不讓舞劍。」元歌到底心虛，趕緊轉移注意力，「至於其他朝代嗎，就靠換背景來表現。只是，我們選擇哪一個朝代做代表呢?」

「漢代。」宋詞硬梆梆地提議，「漢白玉最有名。」

「漢代不好，漢代沒文化。」元歌立刻反對——這早在我意料之內，凡是宋詞提出的，她一定會有不同意見——「我說是唐朝，唐朝服飾最美麗。」

「我說漢代好。」

「還是唐代好。」

「唐詩，你說漢代還是唐代？」她們兩個又齊齊轉向我。

我只覺頭大如斗，唐代還是漢代，漢代還是唐代，唉，說哪個也要惹怒一方呀。

急中生智，我忽然想到一法：「我說不如就是清代吧。」

「清代？」兩人一齊瞪圓眼睛。

「是呀，清代是玩玉的極盛時期，從皇宮到民間無人不愛玉，無人不藏玉，玉的雕琢功夫也達到最高境界，琢玉仿玉蔚然成風，乾隆帝愛玉成命，光題詠玉的詩就有八百多首，還不該選清代玉飾做宣傳代表嗎？」我振振有詞。

「也有道理。」兩人都服貼下來。

但是稍頃元歌又問：「可是只選清代玉飾會不會太單調了？」

「不會單調。」答話的是宋詞，最終通過只選一個朝代服飾做代表的提議令她十分高興，因爲可以節省大量經費，工作要好做得多，所以態度也緩和許多，「出場人物的身分不同嘛，可以有民間的荆釵布裙，酒樓的金釧銀鈿，宮廷的鳳冠霞帔，通通上陣，來個全景圖，完整表現清朝人的服飾特色，就不會單調了。」

「而且入關以前和入關以後的服飾也有所不同。」我補充。

元歌驚訝：「清代服飾還分為入關前和入關後嗎？」

「那當然。」我很高興她們可以暫時忘記吵架，於是細細解釋清史，「順治元年，也就是一六四四年，李自成攻破北京城，崇禎帝急詔駐守遼寧的吳三桂赴京勤王，但是吳三桂帶著十幾萬精兵剛剛趕到山海關，李闖已經攻陷京城，崇禎也自縊煤山。彼時，滿清軍隊正虎視眈眈，對中原大好河山垂涎不已，多爾袞三次派人秘密賄賂吳三桂，希望聯手拿下京城，坐地分肥。吳三桂本來持觀望態度，左瞻右顧，還寫了一封信給李自成，說只要將他的愛妾陳圓圓和明帝的太子送來山海關，他就願意歸降大順朝。可是這時候卻傳來陳圓圓先歸劉宗敏、後歸李自成的消息，吳三桂大怒，立即命令全軍戰士穿上孝服為崇禎發喪，並開放城關，引狼入室，終使江山旁落，改天換日。」

「我知道我知道。」元歌插嘴，「就是那著名的『慟哭六軍俱縞素，沖冠一怒為紅顏』嘛。據說為了吳梅村的這首〈圓圓曲〉，吳三桂還頭疼了很久呢，嘗試重金賄賂吳書生，要他毀掉原稿，可是被拒絕了。你說這吳梅村是不是書呆子？對了，吳三桂姓吳，吳梅村也姓吳，他們是不是親戚啊？要不，為什麼吳梅村對吳三桂的事兒那麼清楚？吳三桂那麼大官兒，又拿個書生沒辦法？」

提到清代的史稿軼聞，宋詞也頗有興致：「我也聽說過李自成搶了陳圓圓後，曾經命令她唱曲兒。陳圓圓唱了昆曲，當時有人傳說陳圓圓『色甲天下之色，聲甲天下之聲』，形容她的色藝雙絕。可是李自成卻聽不入耳，覺得奇怪，說長得蠻好，怎麼聲音這麼難聽，於是另找了一幫陝西女人來唱秦腔……」

「唱秦腔？」元歌大笑起來，「六宮粉黛要是一起唱起秦腔來，那也倒真夠壯觀，不是『勢如破竹』，而是『聲如破竹』了吧？」

宋詞繼續說：「其實細說起來，吳三桂起初赴京勤王，想保大明；後來寄信給李自成，也想過歸順；信中提出索要崇禎太子，也可以看出他心懷舊朝，又希望天下太平。但是兩個要求都落了空，這才終於投清抗順的。雖然說漢奸畢竟是漢奸，沒什麼好翻案的，可是李自成也不是什麼好東西，目光短淺，得意忘形，一心只顧自己利益，說是發動起義是爲了全體農民得解放，其實等他坐了王位後，哪裏還想得到別人。要我說，真正喪國的人應該是他而不是吳三桂。」

「我也一直這麼想。」我趁機說教，「崇禎帝、李自成、吳三桂三派自相殘殺，恰好給了滿清可乘之機，致使國破權喪，生靈塗炭。國人窩裏鬥的例子太多了，鷸蚌相爭，漁翁得利，真是相煎何太急？」

宋詞低下頭來，一時無語。

過了一會兒，元歌問：「那麼模特兒是一隊隊出場呢？還是一起出場？」

宋詞答：「當然是一隊隊出場。但是最後可以來一場宮廷大婚，格格宮女通通出席，場面一定漂亮。」

「對，反正請了那麼多武士，就讓他們穿上御林軍服飾權充背景。」元歌也興奮起來。

宋詞忽然想起什麼，問我：「你剛才說用背景圖表示朝代佩玉可以省很多玉飾，各朝代的佩玉很不同嗎？」

說到玉，便是我的看家本領了，於是侃侃而談：「不僅是各朝人佩玉不同，同一朝代的不同人佩玉也有規矩，像商周春秋戰國時代，天子佩白玉，公侯佩山玄玉，大夫佩水蒼玉。在《周禮》中，單是玉圭佩器，就分封得很清楚：『王執鎮圭，公執桓圭，侯執信圭，伯執躬圭，子執穀圭，男執蒲圭。』圭代表特權，有圭者可以封土封疆，分侯分地。」

我只顧自己說得高興，全沒注意元歌又不得勁兒起來，酸溜溜地說：「原來古人也這樣勢力！」我搖頭，這個元歌，什麼都好，就是過度自卑引發了超強的自尊，敏感得要命。

偏偏宋詞還要嘔她，故意仰起頭說：「什麼時代都會有特權階級。人和人本來就不一樣嘛，怎麼可能眾生平等？」

元歌大怒，立即反唇相譏：「有什麼了不起，不過是有個好爸爸，這叫魚肉百姓你懂不懂？」

得，又吵起來了，我做和事佬做得厭透，趕緊抱住頭逃離震中，同時，一個念頭忽然湧進腦海：我知道該用什麼藉口去找張楚了！

# 六

# 我終於找到了張國力

「在我心裏，總覺得，我認識你已經很久……」

他忽然歎息：「的確很久了，已經整整十七年。」

我屏息，只覺空氣中有一種隱隱的風雷欲動的氛圍。

他說：「我小時候有另外一個名字，叫張國力。」

不知爲什麼，我很想同張楚討論一下宋詞和元歌。

她們是我在大陸交到的僅有的兩位女友，我對她們的感情，是一樣地珍惜看重。她們兩個也許都有這樣那樣的缺點，可是誰又是完美的呢？即使不是有那麼多的巧合發生，我也仍然會由衷地願意親近她們兩個，並且只願看到她們性情中的真與善，日漸一日地穩固著我們的友情。

人們喜歡用花朵來比喻美麗的女孩子，而她們則比所有的女孩都更像花。如果宋詞是豔壓群芳的牡丹，那麼元歌便是一枝獨秀的玫瑰；如果宋詞是鬱金香，元歌便是紅罌粟；宋詞是櫻花，元歌便是茉莉；宋詞是月夜幽曇，元歌就是香水百合；同樣開在露水未稀的早晨，宋詞是向日葵，元歌便是牽牛花；開在深山，宋詞是君子蘭，元歌便是映山紅；開在水中，宋詞是荷花，元歌便是水仙；即便同樣是菊花，宋詞是孤標傲世偕誰隱，元歌卻是我花開後百花殺；同樣是梅，宋詞是疏影橫斜水清淺，元歌便是暗香浮動月黃昏；宋詞是接天蓮葉無窮碧，元歌便是映日荷花別樣紅；她們可以和諧地並存於任何一種季節一種環境，卻又以絕然不同的兩種姿態怒放。誰也奪不去誰的豔麗，誰也壓不住誰的芬芳。

可是，爲什麼一定要去爭奪呢？其實她們兩個完全可以井水不犯河水，如果一定要犯，那麼與其衝浪不如合流，井水有源，河水有渠，豈不比戰爭要好？可是想不通同樣美麗與聰慧的兩個女孩子，爲什麼偏偏在這件事上如此狷介纏不清？

而且，最痛苦的是夾在中間做餅餡的我，當我同她們之間任何一個人單獨相處時，氣氛都融洽和諧，可是只要她們兩個同時出現，就必會硝煙四起，口角不斷。我真希望她們兩個可以成爲朋友而不是敵人，可是絞盡腦汁，也想不出一個化干戈爲玉帛的好辦法。

化干戈爲玉帛。在古代，這件事好像要容易些，即使是兩國動兵那麼大的事兒，只要互相交換玉璜絲綢，就可以平息戰亂。但是到了今天，人們錢糧充足，衣食無憂，所以都不在乎玉。

有時候，我真要懷疑兩個人是前世結了不解冤仇，移到這一世來還的。

我給張楚打電話，請他幫忙借幾本有關清代服飾的資料。他欣然同意了。

「又見面了。」他說，態度一如既往地溫和，彬彬有禮，同時將手中的書交給我，「這是你要的資料。」

「謝謝。沒想到你這麼快就找齊了。」我由衷地開心，不僅僅因爲那些書。

「接到你的電話我就開始找了，要求很明確，並不難查。」他說，可是不知爲什麼，眼中殊無喜悅，反而帶一點點苦惱似。

我們並肩走在校園的林蔭路上，不時有學生同他打招呼，並對著我好奇地打量。他溫和地點頭，從容自若。我不禁想：在他的學生眼中，一定把我當作是他的女朋友了吧？這種猜測讓我覺得有種隱秘的無來由的歡喜，忽然想到一個詞：儷影雙雙。

我不敢轉頭看他，卻偷偷地注視著他投在地上的身影，走在校園中，他身上那種書卷的味道更濃了，而他溫和的聲音，有如天籟，每一句，都直抵我的心。這一刻，我更加清楚地知道了：我愛他。愛他的聲音，愛他的樣子，愛他的舉止，愛他走路的姿勢，愛他一切的一切，愛他這整個人！可是，我該怎樣讓他知道呢？

我緊張地想著該怎樣對他開口表白，但是話到嘴邊，卻本能地換成了宋詞和元歌。「我真希望她們可以成爲朋友，不要再鬥下去。每次看到她們吵架，我都有一種不安，覺得再這樣下去，說不定會發生不幸的事情。」

張楚停步，望著我，溫和卻是肯定地說：「她們一定會成爲朋友，因爲，她們有你這樣一個共同的難得的朋友。」

他的誇獎使我的臉忽然燒燙起來，不禁低了頭，輕輕說：「你相信有前世今生嗎？有時候我真想回到上輩子看一看，我和……宋詞、元歌，是不是前世有緣？」

其實我真正想說的，是「我真想知道，我們倆是不是前世有緣？」

不知他是不是聽懂了，但是他卻沒有正面回答，只是說：「朝菌不知朔晦，蟪蛄不知春秋。對他們而言，人生在世七十年已經是天長地久，你卻要追尋前世今生，會不會太固執了一些？」

哈，居然同我談莊子呢，我笑起來，好，就以子之矛還子之盾：「子非魚，安知魚之樂？你怎麼知道今春的蟋蟀不是去年那一隻？」

他被我問住了，先愣一愣，接著哈哈大笑起來：「好好，我說不過你。」他感歎，

「這麼聰明的人，卻偏偏執著倔強，只怕會傷了自己。」

我的心驀地一動，只覺他好像話裏有話，在提醒我什麼。可是，爲什麼我聽不懂？

他已經又轉了話題：「對於前世的話題，很多專家都做過專門論述，但最終還是歸於玄學一類，被世人視爲神秘，無法論證。」

「那麼，你對神秘怎樣看呢？你相信人有前世嗎？」我說，「我是信的，從小就信。因爲，媽媽說，在我很小的時候，已經常常有一些有異常人的言談，會突然說一些很奇怪的話，像我的家不在這裏呀，高跟鞋的跟應該在鞋底中間而不是後跟呀什麼的，但是後來長大了，我就漸漸地不再說這些了，也記不住自己說過的話。我猜，那應該是我前世的記憶。」

張楚若有所思地點點頭，眼睛望向遠方，也許，是望向不可見的神秘世界。遠處，太陽正轟隆隆地滾下山去，天邊燒得一片通紅，是拚死一搏的那種紅，紅得人的心都跟著熱起來了。張楚就站在那一片紅光的籠罩裏，輕輕說：「第一個看到鏡子的人視之爲神秘，沒見過孩子出生的人也想像那是一種神秘，甚至至今有些荒蠻地方的人仍認爲攝影是一種收魂術。其實，神秘的不是世界，是人的眼光。對於人眼睛熟悉的神秘，便是尋常。」

我再一次被打敗了。徹底地降服。就是他了。沒有人可以比他更智慧可親，沒有人會像他這樣真正理解我之所思所想，沒有人可以把話說得這樣直叩我的內心，塡補我所有的想像空間，佔領我整個的感情世界。沒有人。我已經不能期待得更多，不能指望這世上會出現比他更可愛的人。也許，他並不是最聰明最偉大的，但是，我要的只是這麼多。我只要他。我只愛他。他，就是我的信仰，我的神！

我停下腳步，看著他，彷彿有一千句話要衝口而出，只是不知道該怎樣表達。

但是，就在這時，他輕輕說：「關於神秘的話題，其實人們每天都在談著，愛情，就是人間最神秘不可解釋的感情了。我同我太太也常討論這個問題。」

我太太！他說他有太太！

耳朵忽然就失聰了。

世界靜止，萬物俱寂。天地在剎時間變得無比擁擠，擁擠得沒有一個容我立足的方寸之地，而使我的存在顯得這樣難堪而多餘！不知道爲什麼自己會站在這裏，不知道爲什麼會突然這樣地多餘，不知道活著的目的是什麼。我愕然地看著張楚，同樣地，也不知道他的眼神爲什麼會在瞬間變得那樣痛苦，焦慮。

夕陽轟轟烈烈地燒著，將宇宙燒作一堆灰燼，將我的心燒熔燒焦，化爲輕煙，隨風飄散。心中千萬般渴望，千萬縷思念，俱在燃燒中灰飛煙滅，卻唯有手中一縷，固結不散。

我望著他，望著他，像要把這燃燒世界裏最後的景像望進永恆。然後，我漸漸地清醒過來。是了，他是存心的。他存心這樣漫不經心地說起他的家庭，他的妻子，他的婚姻。他已婚！他的隨意，其實恰恰是一種精心的刻意，爲了讓我在沒有來得及表白愛情之前就明白這愛的不可能，並以此來成全我的自尊與驕傲。可是，何必呢？如果愛情沒有了，驕傲於我有何用？

我忽然笑了：「張老師，我今天來，本來是想告訴你：我喜歡你。但是現在，不用說了，是嗎？」

他結舌，愣愣地看著我，不知應對。

我深深鞠一躬，就像一個學生對老師那樣。如果我不能夠愛他，至少，我可以欣賞他，尊重他，而且，因爲他的體諒與磊落，而感激他。

我轉身，他不安地隨上：「唐詩，我送你。」

「不必了，我認得路。」我茫茫然地說，在眼淚流下前匆匆走開。

不，我不要他看見我的淚，既然他那樣刻意地維持我的自尊，不願意讓我受傷，我又怎麼忍心使他自責呢？他沒有錯，他那麼優秀而正直，我沒有道理讓自己的失態來打擾他的安寧。可是，可是我該走向哪裏呢？我不想回酒店，我不能面對那種天空野闊的孤寂。我也不想見任何人，沒有人可以瞭解我此刻的悵惘與絕望。

我又變成了那個六歲的小女孩，又回到了那低矮的籬笆牆邊，我的小夥伴張國力走了，雪燈籠從此熄滅，孤獨和失落將我包圍，我扎撒著兩手，不知所措地站在家門前看著大客車漸行漸遠，終於駛出我的視線，少女的心第一次知道了什麼叫離別，什麼叫思念，什麼叫相見無期。

張國力，張國力，如果你在這裏，或者可以安慰我的失敗，可以重新點燃一盞雪燈籠令我解頤歡笑，可以帶我走進童話世界而忘掉現世的煩惱。張國力，你到底在哪裏呀？你說過十二年後會來娶我，可是十七年過去了，爲什麼你還沒有出現？台北的冬天沒有雪，我也沒有了雪燈籠，我什麼都沒有了，只有一個關於雪燈籠的夢和一個關於木燈籠的誓約，張國力，你爲什麼還沒有出現呢？

我茫然地走在街上，那麼多擦肩而過的行人，都不與我相關。他們不認得我，我也不認得他們，可是，我還是走在他們之間，爲什麼？

酒吧門前有小女孩在兜售玫瑰花，賤賣的愛情，三塊錢一枝。酒吧裏傳出吉他伴唱的歌聲：「給我一杯忘情水，讓我一生不流淚……」

有嗎？忘情水？真的有那樣的人間極品嗎？可以讓我在一杯過後，忘記四合院的相遇，忘記黃葉村的重逢，忘記剛才的談話，忘記張楚這個人。

我走進去，對著酒保傻傻地笑。

那是一個頭髮染得翠綠的英俊少年，他響亮地打個呼哨，走上前來招呼我：「美女，喝點什麼？」

「忘情水。」我回答。

少年笑了：「那簡單，紅酒加白酒加果酒，保證一杯即醉，一醉萬事休！」

「可以嗎？」

「當然。」那少年故作驚訝地反問，「你不知道忘情水的別名叫酒精嗎？」

我在角落裏找個單人的位子坐下，掏出一張鈔票：「請歌手把這首歌重複十遍。」

「那可不行。其他客人會不高興的。」

「那麼，我請所有的客人喝酒。」

少年再吹一聲口哨，大聲問：「有人反對以重複聽十遍歌的代價來交換一杯酒嗎？」

人們鼓噪起來，有人回答：「如果是黑方我就同意。」

「我要藍帶馬爹利！」

「一份卡布奇諾！」

「紅粉佳人！」

我勝利地笑了，不等喝酒，已經醉態可掬：「看，他們都沒有意見。」

「但是，你肯定可以付得起帳嗎？」

我取出錢袋：「給我留十塊錢搭車就好。」

酒保清點一下，再吹哨，然後說：「給你留二十塊。」接著，遞上那杯「紅酒加白酒加果酒」的莫名其妙酒：「你的忘情水。」

我接過，一飲而盡，大聲說：「再來一杯！」

從小到大，我是家族企業的繼承人，我是孤僻內向的小女孩，我是斯文守禮的大家閨秀。可是現在，我不想再顧忌一切的禮儀，規矩，禁忌，只想放浪形骸，只想一醉方休，只想長歌當哭，只想就此長眠。讓我喝，讓我唱，讓我盡情盡性地醉一回！

「給我一杯忘情水，讓我一生不流淚……」歌手一遍遍唱著，我跟著唱，酒吧所有的人都跟著唱。這是一個瘋狂的夜晚。給我一杯忘情水，讓我一生不流淚。多麼多麼想擁有那樣的一杯水，多麼多麼想不要這樣傷心這樣無奈這樣疼痛這樣無休無止地流淚。

我流著淚，笑著，唱著，拉住酒吧裏每一個人問：「你知道張國力嗎？告訴他，我在等他。」

酒保走過來說：「美女，你醉了。」

「這是忘情水的功能。」我指著他，「我要投訴你賣假藥，你的忘情水只會讓人醉，不會讓人忘情。」我又問他，「你認識張國力嗎？你會做雪燈籠嗎？」

「張國力，是你的男朋友？」

「他是我的未婚夫。」我幸福地傻笑著，胸腔內一陣陣地疼，不知道對張國力的期待與對張楚的失望哪一個更令我痛楚。我像一個溺水的人，抓著信念中最後一根救命稻草在對天求祈，我的稻草，叫張國力！只有張國力可以救我！只有雪燈籠可將我安慰！當所有的期待落空，只有一個關於一百年的盟約還可以令我充實，或者，將我欺騙。

「你認識張國力嗎？你知道雪燈籠嗎？」我問酒吧裏每一個人，他們對我搖頭，對我笑，對我敬酒，吹口哨。我來者不拒，一杯接一杯喝下去，然後，我抓住角落裏最後一個客人，問他：「你知道嗎？知道雪燈籠嗎？」

他扶住我，痛苦地說：「唐詩，我送你回去吧！」

他的聲音溫和而寬厚，我忽然流下淚來，他是張楚！張楚！他竟一直跟在我身後，我所有的窘態都落到他眼裏去了。

淚水不受控制地直流下來，我用手背去擦，可是擦不完，總是手一離開，就又有新的淚湧出。我不知道該怎樣掩飾自己的失敗和落寞，但是，不必掩飾了，沒有用的，我在他面前，整個人都是透明，沒有能力進攻，沒有能力抵擋，更沒有能力還擊。我只是被動地，做錯事一樣地小聲解釋：「對不起，我不是喝醉了，只不過……」

「該我說對不起。」他扶我坐下，遞給我一方手帕，大大的，疊得整整齊齊，這年代用手帕的男人很少，很難得，可以說是一種奢侈了。他擁有這樣奢侈的習慣，得益於他的妻子吧？

他說：「我想早一點把事實告訴你，會使你好過些，可是沒有想到，你會這樣受傷……」

「我也沒有想到。」眼淚擦了又擦，我無限懊惱，怎麼可以這樣無能，讓人看輕？我將手帕掩在臉上，手帕迅速浸濕了，「你不要笑我，我只認識了你那麼短的日子，就算愛上你，也應該不會太深，可是，在我心裏，總覺得，我認識你已經很久……」

他忽然歎息：「的確很久了，已經整整十七年。」

「什麼？」我抬起頭。

張楚深深地望著我，充滿著那樣深刻的矛盾的痛苦：「還有一件事，我不知道，該不該告訴你？」

我屏息，只覺空氣中有一種隱隱的風雷欲動的氛圍，忽然有種不祥的恐懼，預感到自己將聽到今生最重要最可怕最具毀滅力的一句話，我想阻止他，想在他的話出口之前請求他不要說，想轉身逃掉永遠不要知道故事的真相，可是，我卻什麼也沒有做，只是呆呆地望著他，聽由他打出那致命一擊，並任那一擊將我的心在瞬間炸得粉碎。

他說：「我小時候有另外一個名字，叫張國力。」

# 七

## 夢中的男人回過了身

我屏息，我已經夢見過他太多次，我要知道他是誰。

終於，那張臉無比清晰地顯示在我面前。

那居然，只是我自己！

我大叫一聲，驚醒過來，頸上猶自嗖嗖發冷，彷彿有人在輕輕吹氣。

「嘭！」有一種聲音來自我的胸腔，那樣徹底而尖銳的一種毀滅。火花在夜空嗶剝閃亮，雷電交加中，原野一片蒼茫。我望著他，不肯相信自己的耳朵，不可能，這太無稽了。如果說他已婚的消息已經令我失望至極，那麼，這一句話乾脆便是讓我絕望。

我望著張楚，癡癡地，癡癡地問，「什麼？你再說一遍。」

他歎息，再歎息，用低如私語般的聲音在我耳邊輕輕呼喚：「丫頭，忘了我，忘了張楚，忘了張國力。」

「不！」我驚跳起來，那一聲「丫頭」讓我徹底地崩潰了。是的！他是張國力！只有張國力知道我的這個名字！只有張國力才知道我們相識已經整整十七年！原來，張國力就是張楚！張楚就是張國力！可是，這又怎麼可能？他明明是張楚！他明明跟我說過他的名字叫張楚！張楚怎能又同時是張國力？張楚就是張楚，張國力就是張國力，張國力是我小時候的夥伴，是我心底的雪燈籠，我一直期待著有一天會在人海茫茫中將他尋到，與他重逢，那時，我會問他：「還記得我們的雪燈籠嗎？」

張國力，那有著陽光笑臉的，會吹口哨會講故事會做雪燈籠會打架的小小男孩，他是我十七年的少女情懷中最純真熾熱的渴望，是我永恆不渝的陪伴。他怎麼能背叛我？在十七年後換了個名字叫張楚？而且重新若無其事地出現在我面前，讓我再一次愛上？這樣荒謬的故事，讓我如何置信？

我盯住張楚，軟弱地無力地乞求：「我一生，有過兩個夢，你已經把一個給打破了，現在，你還要把另一個打破嗎？告訴我，你不是，你是張楚，你不是張國力。」

他不語，眼睛潮濕而脹紅。我重新跌坐下來，喃喃地無意識地低語：「你有什麼理由？你有什麼理由把我的兩個夢都打破？你已經是張楚了，你爲什麼還同時是張國力？你怎麼還可以是張國力？你留給我一個夢好不好？你有什麼理由打破它們？你有什麼理由？」我扶住旁邊的吧椅，努力使自己不要倒下去。不，我不能接受這樣的事實，我不能在一天內同時失去兩個夢想，我不能讓自己的感情世界破碎得這樣徹底，留給我一點點夢想，留給我一點點碎片，爲什麼要這樣殘酷地洗劫？爲什麼？

張楚望著我，他的眼睛潮潤，他的聲音嘶啞：「ㄚ頭，我沒有理由，我也不希望自己是張國力。我第一次因爲自己是張楚同時又是張國力而感到悔恨和罪惡。其實，早在同你第二次見面時，我已經認出你來了，你給我講雪燈籠的故事，你那麼單純而熱情，無比美好。我不忍心，不忍心告訴你我就是張國力，我害怕會打碎你的夢。可是，剛才，你抓著每個人問起張國力的名字，我知道，我又一次傷害了你。ㄚ頭，我不想的，可是，除了告訴你真相，我不能再做其他的。我不願意讓你繼續留在由我親手編織的兩個夢幻裏沉迷，把自己深深封鎖，ㄚ頭，忘了張國力，忘了張楚，忘了我！」

「不！不！不！」我尖叫起來，酒精和絕望讓我什麼都顧不得了，我哽咽著，泣不成聲，「如果把這一切都忘記，我還剩下什麼？張國力和張楚都沒有，雪燈籠和木燈籠也都沒有了，我還有什麼？我還在哪裏？我不能沒有這些，我習慣了依賴他們而生存，它們沒有了，我就空了。」我抓住張楚的手，「你是張楚，你已婚，讓我知道愛你是錯，可是，我還可以騙自己，說是老天欺我，讓我遇到你太晚。可是你告訴我你是張國力，你讓我連自欺的理由都沒有，我從六歲就認識你了，你答應過，過了十二年會來娶我的，我等著你，等了十七年，你怎麼可以騙我？你怎麼可以？我認識你那麼早，比你太太早了十幾年，我沒有理由失去你。如果，如果有人告訴我張國力騙了我，他已經結婚了，那麼，我可以想像他長大後變成了一個壞人，我可以恨他，可以用恨來安慰自己，武裝自己。可是，偏偏，偏偏那個張國力竟然是你，是我長大後第一個愛上的人，認爲最好的人。我再一次，再一次沒有任何理由自欺，爲什麼？你可以不要這麼好，你可以不是張楚，那麼，我就不會愛上你了；如果你一定要是張楚，那麼，我請你不要是張國力，還可以還給我一個夢，一份期待。你爲什麼要把兩個都拿走？你還給我留下什麼……」

「丫頭，別說了，別再說了。」張楚猛地抱住我，淚如雨下，我清楚地感覺到他的擁抱是這樣溫暖，他的呼吸是這樣熾熱，我祈禱時間在這一刻停止，世界在這一刻毀滅，或者，至少，也是我自己在這一刻死去，那麼，我就會在愛人的懷抱中得到永恆。

萬種渴望傷心痛楚糾纏在這一刻忽然得到解脫，心氣一泄，整個人忽然放鬆下來。我抓著張楚的手，緩緩倒了下去，再也聽不到任何的聲音……

我病了。沒完沒了地發燒，沒完沒了地昏睡，沒完沒了地噩夢，沒完沒了地嘔吐。開始還以為是因為醉酒，但是後來不得不承認是病，於是被送到醫院打點滴。

小李來看我，帶來書籍和ＣＤ：「不知道你喜歡聽什麼，就各式各樣都拿一些，哪，港台抒情曲，熱歌，老歌，聽什麼？」

「老歌吧。」我其實並沒有興致聽歌，可是不忍拂他的興，只得隨便點一曲，「就是這張吧，『滿江紅』。」

滿江紅，為什麼會滿江紅？是有人嘔心瀝血，令江水也染紅如秋天之霜葉嗎？我想起那天張楚浴在夕陽西照的餘暉中的景像，不禁心碎神傷。

激亢古樸的曲調流淌在病房中：「怒髮衝冠，憑欄處，瀟瀟雨歇，抬望眼，仰天長嘯，壯懷激烈……」

我不會怒髮衝冠，也沒有壯懷激烈，可是，我倒也真想仰天長嘯呢。

小李說，爸爸打電話到公司詢問我的近況，問我為什麼沒有開手機。

「那你怎麼跟我爸爸說的？」

「我說你去旅行了，大概忘記帶充電器。一兩天內就會回來。唐先生讓你一回來就給他回電話。」

「小李，謝謝你。」我由衷地說。

這時候護士走進來說：「走廊上有個人，長得挺帥的，天天下午來這兒轉來轉去，可是，從來沒見他進過哪間病房。」

「他長得什麼樣子？」

「高高大大，斯斯文文，穿青色西裝。」

我抓住床沿，猛地大吐起來，直要將心也嘔出。

小李愣一愣，起身出去，過了會兒，他轉回來，問：「是張楚。你要見他嗎？」

「不。」我說，疲倦地闔上眼睛。相見爭如不見。見了又能如何？我已經沒有心了。我的心已經嘔吐淨盡。等我徹底將心吐乾淨，我的病就會好，我會忘記張楚，也忘記張國力，重新做回無憂無慮的唐詩。

可是，會嗎？會有那一天嗎？我真的能夠忘記嗎？縱然我可以忘記張楚，我可以忘記張國力嗎？可以忘記張國力就是張楚嗎？

心一陣絞痛，我攀住床沿，又是一番扯心扯肺地大吐，不可扼止。

張國力，張楚，我怎樣也無法想像，更無法接受，張國力和張楚，怎麼可以是同一個人！

小李已經什麼都明白了，他愣愣地說：「可是，你才只見過他兩次。」

「一次就夠了，」我喘息著，悲涼地說，「有些人，哪怕你只看他一眼，甚至不用他說一句話，你已經覺得認識他有一輩子那麼久，願意毫無條件地信任他，追隨他，可以爲他付出所有的感情，甚至生命。對於男人而言，這叫領袖力，對女人，就是愛情。」

小李抱著頭，痛苦地自責：「如果我可以預知發生什麼，那天就一定不會帶你去逛黃葉村，去參觀什麼雪芹故居。那樣，你就不會遇到那個張楚，就不會從此變成一隻盲目的蝴蝶，醉死在一朵花兒下面。如果你肯仔細看看我，未必不會發現我有更多的優點……」

不，追愛的蝴蝶並不盲目，相反，每次見到他，我都會有眼前一亮的感覺。有些人，是天生的發光體。我疲倦地安慰小李：「你當然有很多優點，我不是看不到，只是……」

「只是不被你珍惜是嗎？比起張楚來，我所有的優點都成了小兒科，不置一哂。」

「不是的，不是的。」我軟弱地搖著頭，「我當你是好朋友，很好的朋友。可是，再深的友情也不是愛。友情可以一天天積累，越積越深，愛卻不一樣，它可以在瞬間穿透人的心，就彷彿真的有一支丘比特神箭，瞄準了人一箭穿心。如果沒有遇到真的愛，也許友情也可以在積累中變化爲愛……」

「可是遇到了真正的愛之後，友情就只能是友情，再也停滯不前了。是嗎？」小李打斷我的話，顧自一遍遍悔恨著，「唐詩，我真是後悔帶你去黃葉村，如果那天沒有去過黃葉村該有多好。」

可是，就算沒有去黃葉村，沒有遇到張楚，小李也不會是我的選擇對象，因爲，我的心裏還有一個人：張國力！

想到張國力，我再次起身，嘔吐。

嘔吐，昏迷，噩夢。夜以繼日。

夢中，我不知疲倦地跋涉，不知自己到底要去哪裏，要尋找什麼。

遠處隱隱有音樂傳來：「三十功名塵與土，八千里路雲和月，莫等閒，白了少年頭，空悲切……」

神思若有所悟，飄向不知年的遠古，那裏有硝煙滾滾，大漠黃沙，三十功名塵與土，八千里路雲和月，可是轉眼成空，顛倒黑白。想當年，岳飛在風波亭裏，蒙不白之冤，莫須之罪，含恨而逝，嘔血身亡。那時分，他也有憑欄處，仰天長嘯吧？他喊的是什麼？又抱憾的是什麼？

是力不從心，無可奈何！自古至今，英雄從來不怕沙場死，怕只怕，報國無門，有力難爲。無能不要緊，最怕是無奈……

我流淚了，在「壯志饑餐胡虜肉，笑談渴飲匈奴血」的歌聲中，在大漠黃沙殘陽古道的悲愴裏。

月落星沉，烏啼霜滿天，無垠的荒漠風沙飛揚，遮莫眼前路。我到底要去哪裏？天盡頭，沙的忽隱忽現裏，有一個高大的背影在等我。他已經等了很久很久，等得手中的劍也鏽了。

劍沒有機會殺人。所以成了廢鐵。

我沒有感覺到劍氣，但是卻感到了寒意，也感到了持劍人深沉的無奈。

一個不肯拔劍的武士，還能稱爲武士嗎？

我走向他，感受著他越來越近的心事，覺得莫名悲傷。爲什麼？爲什麼要悲傷？爲什麼要無奈？把那千古的心事交給我好嗎？把那沉默的背影轉向我好嗎？

風沙更猛了，那武士終於慢慢轉過身來，轉過身來，轉過身來，彷彿電影中的疊影鏡頭，無數無數的鎧甲武士在緩緩轉身。

我屏息，目瞪口呆，不知道自己會看到一張威武英俊的臉亦或一張兇狠可怖的臉，但是無論是什麼樣的形象我都不準備逃避。我只知道，我要看到他，從小到大，我已經夢見過他太多次，我要知道他是誰，只要讓我清楚地看到他，就可以去盡心魔。

終於，我看到了，漫天風沙沉定，大地無言，那張臉，無比清晰地顯示在我面前，那居然，只是我自己！

我大叫一聲，驚醒過來，頸上猶自嗖嗖發冷，彷彿有人在輕輕吹氣。

這已經是入院後的第三天。

嘔吐的症狀有所緩解，可是仍然高燒不退，大部分時間都在昏睡，夢一個接著一個，夢裏的男人一次又一次回過頭來，從小到大就在尋找的答案，原來竟是我自己。

賈寶玉對著鏡子睡覺，夢見甄寶玉，一個自己看到了另一個自己。醒來後，發現不過是一段鏡花緣……

真相令我萬念俱灰。

護士每天對我重複一次：「那個男人又來了。」

「是嗎？」我回應，心頭無限蒼涼。不能表白的愛是不能出鞘的劍，鏽了，鈍了，傷的只是自己。也許，夢中的武士真的只是我另一個自己，一個無能爲力的自己。同樣的無奈，同樣的壓抑。他是因爲戰爭，我是因爲愛情。愛也是一場不見硝煙的戰場，同他一樣，我沒有拔劍的資格。

生命中從未有過一個時刻，如現在這般充滿無力感。我在夢中輾轉地叫：「張楚，張楚……」有時醒著，也會忽然開口對自己說：「張楚。」完全分不清夢與現實。

何處響起一聲歎息，我驀地發現病房裏有人。

不，不是發現，是感覺到，或者，就是因爲感覺到有人進來我才醒的。醒了，也如做夢一樣，迷迷茫茫地四顧，然後，我看到了他，張楚！

我愣愣地愣愣地望著他，他也愣愣地愣愣地望著我，似乎沒想到我會在這個時候突然醒來。而我，則懷疑自己根本沒有醒，只是從一個夢走進了另一個夢，一個，有張楚的夢。

張楚昂然地立在我的夢裏，憔悴，悲傷，可是不掩帥氣。

我開口，發出自己也不相信的聲音，輕輕說：「不要自責。是我自己沒用。」

他搖搖頭，不回答。

我又說：「我很快會好的。」

他點點頭，仍不說話。

我閉上眼睛，心裏一陣陣刺痛，爲自己，也爲了他。不，我不想令他這樣痛苦的，他這樣地消瘦，是因爲自責嗎？可是，他沒有錯，錯的只是我們相遇的時機不對。第一次，太早了，我六歲，他八歲，雖然手勾著手訂下百年之約，可是太小了，根本沒有能力爲自己的諾言負責；第二次，邂逅相遇，我幾乎是一頭撞上去，毫不猶豫地愛上他，可是，又遲了，他已經成了別人的丈夫。他有什麼錯呢？我又有什麼理由因爲自己痛苦傷心便要他也嘗試痛苦的滋味，讓他被內疚和自責折磨呢？

我不敢看他，鼓足勇氣很快地說：「我愛上你，只是因爲你太優秀了；我傷心，也只是因爲自己沒福氣，不甘心。這些，都不是你的錯，而只能證明你的好。所以，不要因爲我的軟弱而難過好嗎？那樣，我就更加罪孽深重了。你放心，我會努力忘記你的，忘記張楚，也忘記張國力，忘記雪燈籠和木燈籠……」淚水又不爭氣地流下來，我說不下去了。

屋裏死一樣地寂靜。

良久，再睜開眼睛時，他已經走了。

好像從來也沒來過，好像一個夢。

# 八　尋找前生的記憶

夜風清冷如秋，我只覺心頭淒惻，說不出地孤單無奈。

宋詞、元歌、我，到底有著怎樣的恩怨，要如此糾纏不休？

這次來到北京，究竟是聽從了冥冥中什麼樣的安排？

為什麼我總有一種不祥的預感，覺得會有事發生？

元歌和宋詞聽到消息，一齊趕到醫院來。慰問病號也不忘記吵架，三言兩語又火併起來。

恰好小李也在，見到兩位佳麗，藉口買水果趕緊迴避。

我沒力氣再給兩人做和事佬，有氣無力地說：「趁我病取我命，你們可不可以換個地盤吃講茶？」

兩人也自覺過份，總算平靜下來，翻開帶來的資料說：「這是你上次從大學借的書，很有參考價值。看，這一章寫的就是清宮格格出嫁的規模陣仗。」

那些書，便是張楚借給我的，也就是在那個下午，他告訴我他已婚，同時讓我知道，張楚就是張國力。

我努力忍住要吐的欲望，強迫自己沿著宋詞做好標記的地方一行行看下去。

原來清宮嫁格格要行「九九大禮」的，額駙行聘用的每樣禮品數都要暗含「九」或者「九」的倍數，因爲「九」爲乾，至陽至剛，象徵皇家至尊。比如九對馬，十八具鞍，八十一隻羊，九十桌酒席等等，分別由上駟院、武備院、內務府收管。

而皇帝嫁女的賞賜更加誇張，看了那張嫁妝單子，那叫人明白爲什麼古人說女兒是賠錢貨。通常單是頭飾賞賜就有紅寶石朝帽頂一個，嵌二等東珠十顆；金鳳五只，嵌五等東珠二十五顆，內無光七顆；碎小正珠一百二十顆，內烏拉珠兩顆；金翟鳥一隻，嵌碎小正珠十九顆，隨金鑲青金桃花持件一個，穿色正珠一百八十八顆；帽前金佛一尊，帽後金花兩支；金鑲珊瑚頭箍一圍，金鑲青金方勝一件，金嵌珊瑚圈一圍，珊瑚墜角鵝黃辮兩條，雙正珠墜一副……

「多麼誇張！」元歌感歎：「這還光是頭飾，要是加上朝珠、梳妝品、毛皮衣料、家具擺設，乖乖，這合成人民幣得多少錢哪？她一次婚禮用度可以讓整個村農民吃一輩子，哦不，起碼是整個縣城的人吃兩輩子。」

宋詞輕輕「哼」一聲，滿臉不屑，雖然沒有開口，但是那付「人生來就有貴賤之分」的表情已經早形於色。

我怕二人再吵，正想說點什麼岔開，小李回來了，熱情地招呼大家吃水果，並隨手拿起一隻梨子問我：「要吃水果不？我幫你削好。」

元歌感歎：「有這樣好的一個青年陪在身邊，做夢也該笑出聲來的，唐詩，我不明白你怎麼還會生病？」

她一向最擅長的就是送人高帽，可是這次未免有些亂點鴛鴦譜，我發窘，好在小李很快自我解嘲說：「好青年從來都是用來照顧人的，所以天生應該出現在病房裏。」

元歌發現新大陸似地輕呼：「原來你不僅親切，還很幽默呢。」

小李臉紅起來，梨子削好，早已忘記初衷，昏頭昏腦地遞向元歌。

元歌嬌笑：「我又不是病人，怎麼好意思要你照顧呢？」

宋詞「吃」一聲笑出來。小李自覺失態，愈發臉紅，搭訕地翻著元歌帶來的資料，因看到一本小說，隨口問：「這寫的是一個什麼故事？」

「一個前世今生的故事，說梁山伯與祝英台的靈魂歷劫轉世，各憑著半隻玉蝴蝶於今世重逢……」

神思忽然又不受控制地飛馳出去。

玉？又是玉？古今話本小說裏，凡有關前世今生故事，好像往往都會有一件首飾做信物，讓兩人隔世相認。我想起宋詞的玉龍佩，莫非也是如此？可是，它說的又是怎樣的一個故事呢？

我望向宋詞，她本能地隔著衣服摸了一下胸前的玉龍佩，也正望向我，我們的心思在瞬間相通，一時都是若有所思……

出院後，我開始每天跑往秀場看彩排。次次都可以撞到元歌和宋詞在嘔氣，簡直無一次例外。

「追影燈要和大燈輪換使用，不然還有什麼驚豔效果？」

「小姐，這是玉飾展，不是舞蹈表演，最重要的效果是賣玉飾不是表現舞美！」

「賣也要賣得漂亮，賣出美感來，不然直接練舞算了，還搞什麼玉飾秀？」

「依你說，想追求美感直接看芭蕾舞表演不就得了，跑到展示會上來做什麼？你到底有沒有搞清秀的目的？」

兩個各執一詞，互不相讓，而最絕的，是你不能說她們沒道理。簡直一般的理直氣壯。什麼叫棋逢對手，旗鼓相當，這就是了。

受到日間觀感的折射，夜裏也不得安寧，晚晚夢見兩人吵架。

大概是研究了太久公主出嫁的緣故吧，在夢中，宋詞穿上了格格的服裝，鳳冠霞帔，珠光寶氣，而元歌做宮女打扮，五花大綁，還帶著鎖鏈。

帶著鎖鏈的元歌委曲而宛轉，有種令人心動的淒美。宋詞格格指著一隻小小翡翠杯子喝令她：「這是賞給你的，喝下它！」

元歌抬頭，眼神倔強仇恨，充滿不甘心，恨恨地盯著那杯酒。

杯裏紅酒如血，不知怎的，夢裏我竟知道那是鴆毒，心裏一寒，也就驚醒，背上冷汗涔涔。

再見宋詞，不自主地覺得猙獰，又聽她幸災樂禍地說起元歌上午被秦歸田糾纏的窘狀，那份刻薄令我深感刺耳，不由冷冷塞她一句：「元歌不是皇親國戚，處處被人欺負已經夠慘，你不幫也就算了，何必還要落井下石？」

宋詞臉上一呆，十分不悅：「就因爲我出身好她出身差，你便站她一邊，莫非我做乞兒你才高興？」

我一愣，這話聽在耳中好不熟悉，依稀彷彿，心底有個小小聲音在對我喊：「你同情她不過因爲她是丫環我是格格，難道我任她擺佈你才高興？」

我定一定神，那聲音已然不聞。

誰？誰是格格誰是丫環？我啞然失笑，這可不是白日夢魘？這次病後，我好像更容易做夢了，而夢與現實也越來越分不清。

模特兒們正在便裝走場，排隊型，忽分忽合，鬧鬧嚷嚷，吵成一片，愈發令人迷亂。宋詞交給我一張紙：「這是我做的功課，但是一下子找不全這麼多服裝，只好先對付著排練。你看看有什麼要添改的？」

紙上是背景圖上的各朝人服飾標準，自然以玉為主，計有玉扳指、玉手鐲、玉頂戴、玉璧、玉墜、玉環、玉鳳、玉珊瑚等等，真看得我眼花繚亂。

急於補償剛才的態度欠佳，我大力讚揚：「做得很好，我沒什麼意見。」

說話間，台上的鶯鶯燕燕們已經換了服裝，服飾頭型各不相同：旗袍、朝裙、一口鐘、百褶裙、馬面裙、魚鱗裙、鳳尾裙、紅喜裙、玉裙、月華裙、墨花裙、葛布裙；松鬢、扁髻、元寶頭、圓頭、螺旋髻、抛家髻、巴巴頭、荷花頭、抓髻、如意頭、架子頭……一隊隊一行行，花團錦簇，搖曳生姿。

我不禁醺然，輕輕念：「春夢人間須斷，但怪得當年，夢緣能短？繡屋秦箏，傍海棠偏愛，夜深開宴。舞歇歌沉，花未減、紅顏先變。佇久河橋欲去，斜陽淚滿。」

「〈三姝媚〉。」宋詞說。

「什麼？」

「我說你剛才念的，是吳文英的〈三姝媚〉。」
「一首詞？」
「對，一首詞，你以前最喜歡念的。」
「我以前？」
宋詞也醒過來：「我說錯了，以前哪裏聽過你讀詞。可是我有種感覺，好像聽你念過這首詞似的。大概是另外一個朋友吧，想不起來了。」
我愣住。我知道她沒有說錯，她說是我念過的，就一定是我念過的，因爲這種感覺我也有，原來她和我一樣，都有一些記不起來的往事，關於我們兩個人的。是什麼？究竟是什麼呢？難道兩個人齊齊患了失憶症？
宋詞又說：「對了，爲了這次拍賣會，我們公司特地準備週末辦一次酒會預祝成功，一起來吧？」
「我很怕見人多的場合。」
「我也怕，可這是工作，而且，你才是主角。」
「好吧，有時間我一定去。」
酒會上，我終於見到「王朝」董事長何敬之以及那位著名的色狼經理秦歸田。
老實說，兩個人給我的印象都十分不佳。

何是個過分謹慎的人，與人握手時稍沾即鬆，態度緊張，又過分客氣，全不如他手下兩位女經理來得瀟灑自然；秦則不折不扣是個頭號色狼，看人的眼睛永遠色瞇瞇，不必說話，單被他看一眼已經讓人覺得受到侵犯。

整個晚上，除了見面道聲「久仰」之外，我再沒有同他兩人說過一句話，人群中見到他們走來即遠遠閃開。

衣香鬢影間，忽然瞥見宋詞和元歌兩個冤家路窄，不知怎麼又鬥上了，隔得遠聽不清兩人在爭些什麼，但是面紅耳赤，分明已劍拔弩張。

我忙忙擠過去，剛剛站定，卻見元歌猛地將杯中酒潑向宋詞，宋詞向後一閃，差點跌倒，我連忙扶住，兩個人都被濺得一身鮮紅淋漓，如血！

我指責元歌：「你太過分了！」

元歌一言不發，拋下酒杯拂袖而去，我看她一臉盛怒，唯恐出事，急忙追出去。門口遇到保安阿清，我拉住他：「有沒有看到元小姐？」

阿清指個方向：「她上了計程車走了。」

我望過去，夜北京車水馬龍，高樓林立，卻上哪裏追去？

這時候宋詞跟出來，看到我，冷冷地說：「現在你看到了，不是我不肯讓她，是她欺我太甚！」

我望著她，只覺她裙上的紅酒洇開來，洇開來，瀰漫了整個的時空，鋪天蓋地，驚心動魄。驀然間，我又想起夢中那杯鴆毒來。

宋詞詫異：「唐詩，你怎麼了？臉色好難看。是不是病還沒好？」

我抓住她的手：「宋詞，可不可以答應我，不要再和元歌鬥了！」

元詞怫然不悅：「你還是幫她？」

「我不是幫她。我只是覺得，再這樣鬥下去，一定會出事的。宋詞，我有種感覺，好像我們三個人的恩怨是天註定的，我們已經認識了幾輩子，也鬥了幾輩子了，宋詞，不要再鬥了，行不行？」

宋詞臉上忽然露出倦意：「你以為是我想和她鬥嗎？實在人在江湖，身不由己。你不知道，我坐上這個製作部經理的位子雖然是因為我父親，可是這麼多年來，我一直兢兢業業，就怕人家說我是太子黨，比別人多付出起碼三倍努力，可是這麼多年，一直沒有升職。因為人們都看不到我的付出，仍然認為我是裙帶經理。那個姓秦的，屍居餘位，早該滾蛋了，可是死霸著位子，處處踩我。元歌明明恨他，可是輪到爭位子這種時候，卻偏偏還來嘔我，反跟他狼狽為奸，你看到的，剛才三言兩語又吵起來，結果捱她潑一身酒。」

原來是這樣。我默然，實在不願意再理她們兩人的是非。本是同根生，相煎何太急？可是我怎麼才能同她們說明這一點呢？

宋詞問：「你還回酒會去嗎？」

「你呢？」

她抬起頭看看天，答非所問：「要下雨了。」

我們兩個都沒有再回酒會，各自駕著車子離開。

夜風清冷如秋，我只覺心頭淒惻，說不出地孤單無奈。

宋詞、元歌、我，到底有著怎樣的恩怨，要如此糾纏不休？這次來到北京，究竟是聽從了冥冥中什麼樣的安排？爲什麼我總有一種不祥的預感，覺得會有事發生？而在這種迷茫的時刻，我又是多麼需要張楚的支持與指點？

想到張楚，我忽然明白自己整晚感到的不安和孤獨是爲什麼了，是因爲自見到張楚之後，所有的男人都不再入我目，所有的男人都形象可憎舉止委瑣，而我在人群中，將永遠孤獨。

這時候雨點已經落下來，我啓動雨刷，又伸出手去拭車頭左側的觀後鏡，忽然心頭一震，不由愣住：只見鏡中宋詞一身華服，胸口插一枝羽箭，倒在一個背向我的戴王冠的男人懷中呻吟：「王爺，得到你的眼淚，我也就知足了。我不怨你，真的，不怨你。」

不知是我還是那鏡中男人抹了一把眼淚，忽見宋詞身子一挺，目眥欲裂，嘶聲道：「但是，我恨她，下輩子我一定要找她報仇！」

我明知是幻覺，可是腦中轟轟作響，混亂不已。用力甩一甩頭髮，同時將眼光轉向右側觀後鏡，卻見鏡中也有景像：這回是元歌，同樣滿身是血，身旁拋著一把長劍，握著同一個王冠男人的手在哭告：「王爺，是我害了你，我自刎謝罪，你不要再怨我了吧。」

我大慟，只覺與鏡中男人合二爲一，脫口呼出：「我不怨你，我原諒你，你不要死！」

元歌咬牙切齒，握住我的手發誓：「但我死不瞑目，是她逼我這麼做，她把我害成這樣，我做鬼也不會放過她！」

我心如刀割，伸手去拉元歌：「不要！」車子已「嘭」地一聲撞在路邊樹上，我猛地驚醒，再看兩隻觀後鏡，平滑光亮，一如平常。

什麼叫撞邪？大概這就是了。我歎口氣下車，只覺頭昏腦脹，好在車子只是撞碎前燈，並無大礙。

雨已經越來越大，我站在雨中，既不敢上車，也不知躲避，任雨水將我淋得濕透，順著髮角如注流下。

閃電劃破夜空，糾纏扭曲，說不出地詭異荒涼，我舉首向天，不知道該向誰討一個答案：天，究竟爲什麼讓我遇到張楚？究竟我和宋詞元歌緣爲何聚？究竟我該怎麼辦？讓閃電劈向我，讓我忘記所有的煩惱與愛，讓我從來沒有見過張楚這個人！

雨更大了，將整個天地都籠罩在一片汪洋之中。突然之間，強撐了整晚的力量完全消失殆盡，我跪在雨中，再也承受不住衷心的哀痛，放聲慟哭起來。

## 九

# 壺裏春秋

這出土的東西呀，都有靈性，該是誰的就是誰的，
你把它拿錯了，它自己會長腳按原路兒找回去。
一席話說得我背上發涼，不禁又想起宋詞的那塊璧來，
那塊璧原來又屬於誰呢？

我又一次病倒了，來勢比上次還凶，而夢境也越發精彩迷離，不肯給我一夜安眠。宋詞和元歌輪番上場，全做古裝打扮，一個夢與另一個夢之間彷彿沒有停頓，時斷時續，錯綜離奇。令我越來越堅信，那些都是曾經的真實，是歷史的原型，是湮沒的記憶，是一個尋找回來的世界。

每個有腳的人都可以在地面行走，但只有極少一部分人可以在海中遨遊，甚至比行走還自在喜悅，像魚一樣；根據同樣的道理，一定會有更少的一些人可以在天空中飛行，甚至舞蹈，或者以鷹的姿態滑翔，像一隻真正的鳥。

同樣的，每個正常的人都會記得昨天的事情，極少有那麼好的記憶力可以連十年前的情形也清楚回憶，但是一定有人會做到，就像也有人，當然是很少很少的人，少到大多數人因爲自己做不到而不肯相信別人可以做到的程度，可以一直回憶到千百年前發生在另一個時空的自己親身經歷的往事，那就是前生。

我，宋詞和元歌，就是三個再世爲緣的精靈，然而，我該怎樣去尋回那些失落在前生的記憶呢？

雨聲急密，打在窗玻璃上，恍如千軍萬馬。我在雨聲中看到大隊軍馬一路吹打行來，中間一頂金碧輝煌的八抬大轎裏，宋詞鳳冠霞帔，低眉斂額，元歌在一旁緩緩打扇。一時又見元歌明眸流轉，巧笑嫣然，對著我屈膝行禮：「奴婢給額駙請安。」

「額駙？什麼額駙？」我愕然。

元歌掩口嬌笑：「怎麼，不就是您嗎？皇上把我們格格賜嫁與您，您不就是王爺額駙了？」

於是我糊裏糊塗穿戴起來，儼然濁世翩翩佳公子。

忽然哨兵來報：「王爺，大事不好，皇上發兵來攻，說要替格格報仇呢。」

元歌手中酒杯嗆啷落地，慘然道：「王爺，是我害了你了。」

一轉眼我又置身戰場，渾身浴血，孤助無援，一名滿人將軍騎在馬上，威嚴地將戰刀一揮：「皇上有命，捉拿反賊後不必押回，立即陣前處死。放箭！」

頓時亂箭橫飛，我大叫一聲，翻身坐起，窗外已經風停雨歇，明月當空，清輝如水。

舊事前塵湧上心頭，這一刻，我已經清楚地知道，我同宋詞元歌，在某個歷史空間，曾經確切地發生過一些什麼，關於仇恨，關於情緣，可是，那到底是些什麼呢？又爲何會濃烈至此，一直將恩怨攜至今世？

一天比一天更受到那些不明記憶的困擾，我有種災難將至的感覺，可是不知該如何躲避。

宋詞和元歌再來時，我明白地問她們：「你們覺不覺得，我們三個好像見過，也許，就是上輩子吧。」

「你也這樣想？」元歌笑，「我不是早跟你說過嗎？我跟你有緣。不過她嘛……」

生怕又起爭端，我趕緊打斷：「那麼，你能不能記起一點有關前生的事呢？」

「唐詩，你怎麼了？」元歌大驚小怪地看著我，「我連昨天發生過的事情都不願去記，你卻要苦苦地追尋自己的上輩子，甚至是上上輩子，煩不煩？」

「可是上輩子和我們的今世有關係，你不關心過去，總要關心今天和未來吧？」

「什麼過去今天未來的，你在做論文？」她嬌笑，「不過你的話也有道理。那你說，怎麼弄清我們的上輩子？上網搜索可不可以？」

宋詞不屑：「上網？虧你想得出？怎麼搜索？鍵入關鍵字『唐詩』？非出來上萬首唐詩讓你背誦不可。」

元歌翻翻眼珠：「或者找老和尙算命？」

「現在還到哪裏去找真正會算命的老和尙？都是騙錢的。口才不知道有沒有你好？」宋詞嘻哈應對，低頭看一眼手錶，說，「我還要回秀場監督排練，先走了。唐詩，正式演出就在這幾天了，你可要早點好起來呀。」

宋詞走後，我對元歌請求：「元歌，可不可以停手，不要再和宋詞爲難？」

「我爲難她？」元歌完全聽不進，「你怎麼不說她爲難我？仗著有個好爸爸，處處踩壓我們這些小老百姓。」

「會不會是你誤會了？也許並不是她驕傲，而是因爲你多疑，總覺得她瞧不起你。」

「你是大小姐你當然會這樣說。你和她根本就是同一種人。你們這種人，從小飯來張口衣來伸手，知道什麼是人間疾苦，哪裏會真正瞭解我們，會當我是朋友?!」

這句話說得太重了，我正色問：「元歌，我有什麼地方讓你覺得，我沒有真正把你當朋友嗎？」

「是我說錯了。」元歌立刻道歉，「唐詩，你知道我非常在乎你的友誼，從沒有一個富家千金真正當我是朋友。」

「是她們嫉妒你漂亮。」我投其所好。

元歌笑了：「你是誇我還是誇自己？」

我要想一下才明白她的笑謔，是說我不嫉妒她，是因爲我自己也很漂亮。這傢伙，腦子太靈了，又漂亮又聰明又敏感挑剔，怎麼能怪她沒有朋友呢？

元歌不欲在這個問題上多談，顧左右而言他，忽然問我：「唐詩，你是不是遇到感情問題了？」

我一愣：「爲什麼這樣問？」

「早就想問了，可是怕你難爲情。」元歌猜測著，自問自答，「總不會是因爲小李吧?我看得出他很緊張你。可是如果是他，你應該沒這麼煩惱才對。」

我猶豫了又猶豫，終於說：「元歌，我愛上一個男人，一個令我望塵莫及的男人。」暗戀使我的心已經抑鬱到了極致，如果再不傾訴，它就會像充過頭的氣球一樣爆掉的。而且，我實在也需要朋友的忠告。

可是元歌似乎絲毫沒有感受到我的痛苦，她輕快地笑起來：「望塵莫及？你用了多嚴重的一個詞？有什麼樣的男人可以令唐詩望塵莫及？你年輕，美貌，富有，並且真正高貴可愛，你才真是讓男人們望塵莫及呢。」

「別誇我了，元歌。」我苦笑，心如死灰，「他是個，結了婚的男人。」

「有婦之夫？」元歌沉吟，「這倒真是難辦。可是，你弄清楚自己是真的愛上他了嗎？或者只是愛上他的已婚？」

「什麼意思？」

「我是說，會不會他根本沒有你想像的一半好，只是因爲你明知道和他沒有機會，才會在來不及想清楚之前已經被自己的這種失落感和絕望感打敗了，於是稀裏糊塗地投入到失戀的痛苦中去。事實上，如果他真的未婚，說不定你還看不上他呢。」

元歌娓娓地分析著：「我有好多朋友都是這種情況，總覺得年輕男孩子不夠成熟穩重，又沒有事業基礎，所以輕易地愛上已婚男人。實際上，他們也並不一定是真的優秀，而只不過在婚姻的磨練中消除了所謂男孩的青澀，較會避短揚長罷了。依我看，李培亮是個很好的對象，又對你一往情深，不該辜負了才是，至少，也該給人家也給自己一個機會呀。」

我搖頭：「如果沒有遇到張楚，也許我會和李培亮走得更近一些，就像你說的，至少會給彼此一個機會。可是現在不可能了。我已經見過了張楚，就不會再注意到別人的存在了。」

「捨魚而取熊掌？」元歌盯著我，「可是你真的想清楚誰是魚誰是熊掌了嗎？」

我也注視著元歌，認真地說：「不是魚與熊掌的問題，也不是捨誰而取誰，因爲根本沒有選擇。選擇是比較的結果。可是，我不會把張楚同小李比較，我不會把他和任何人比較，因爲，他就是最好的了。」

元歌嚴肅起來：「唐詩，你是真的在愛了，還愛得這麼狂熱。實話說，我沒有體會過你所說的那種愛情，如果我愛上一個人，一定是因爲比較起來他最夠條件。但是，我也覺得，你說的那種愛情很美。既然這樣，那就去追求呀。婚姻算什麼，可以結就可以離，是有眼珠的男人就會愛上你，我才不相信他不爲所動呢。雖然我沒見過他老婆，不過，我也想不出會有什麼樣的女人可以比你強。我是男人，我也選你。」

「可惜，你不是男人，就算是，也不是他。」

「我不是男人不要緊，他是不是男人？是男人就一定會愛上你。不信，試試看。」

元歌的話讓我又一次心動了。

婚姻是什麼？如果是一張密密織成的網，再韌再細，也有漏洞，也可以一刀剪斷；如果是一堵厚厚的牆，再高再堅，也有門可通，別人能進去，我也能進去；如果是一季無雨的冬天，再冷再長，也總會春暖花開，而我，就要做他婚姻結束後的新春陽光。

忽然之間，我那樣迫切地，想再見張楚一面。見到他說什麼，我沒有想過，我只知道，如果見不到他，我會死。

病剛好，我就再次來到張楚任教的大學，沒費什麼力就打聽清楚了他的課程，很巧，現在正是他上課的時間。

我按照校工的指點找到教學樓去。有風，吹在走廊裏，空空蕩蕩的。我站在階梯教室的門外，聽著張楚的聲音從教室裏斷斷續續地傳出來，整顆心也空空蕩蕩的，好像隨時會化煙化灰，被風一吹就散了。

隔著窗玻璃，我貪婪地注視著他英俊得出奇的側影，那樣消瘦，那樣挺拔，像阿波羅神。

大概是在講中國古代文學史，上古神話演義一節，他說：「中國古代神話，都是些很寂寞的故事，有種悲劇精神，像夸父追日，像女媧補天，像嫦娥奔月，像精衛填海，充滿孤獨的意味……」

我將背貼在牆壁上，哭了。

我愛他，無可救藥地愛著他，愛他說的每一句話。他總是可以這樣深刻地打動我的心，用敬重和絕望將我充滿。

女人對男人的愛裏總是摻雜著崇拜的因素，而從小到大，我只崇拜過兩個人，張國力，和張楚！

愛上他，是我的命，就像逐日是夸父的命，而補天是女媧的命一樣，不容迴避。

當我遇到他，就是小鳥遇到獵人，或者花朵遇到春天，適時開放。

我能有什麼別的選擇？

下課鈴聲響了，我不等他走出來，就轉過身，逃一樣地跑掉了。自己也不明白爲什麼，找了他這麼久，等了他這麼久，可是，現在他要出來了，我卻怕了，所有的勇氣在瞬間消失，什麼剪斷家庭的網，什麼打破婚姻的牆，我根本就是個愛情的逃兵，完全沒有能力進攻。

不知道該往哪裏去，只覺得心空得要命。沒有愛情的女孩是一朵冬眠的花，找不到春天的方向。

站在馬路邊想了又想，無意中看到站牌上寫著「琉璃廠」的字樣，便無意識地上了車。也罷，琉璃廠是北京有名的古玩街，同我也算行內，可是聽說了那麼久，還沒有去逛過呢。反正閒著無聊，索性見識一下也好。

我沿著長長的琉璃廠古玩一條街緩緩地走，一家店一家店地流覽著，漫無目的。

在一家舊壺專賣店裏，我看中一隻紫砂壺，上好緞泥製成，因爲時代久遠已轉爲栗皮色，黃銅包鑲，輕輕敲擊，其聲如磬，壺底款識已經模糊，但依稀可見「明萬曆」的字樣。向老闆問價，卻說是非賣品。

「那爲什麼？」我發了拗脾氣，托著那把古樸雅致的舊壺，不肯放手。

「說起來很沒面子的一宗事兒呢。」老闆慈眉善目，很是善談，「關於這把壺可有個故事……」說到這裏有意一頓，正是說書人的標準拿捏。

我趕緊做一個誇張的猴急表情：「什麼故事？」長日漫漫，同老闆聊聊天增加些見識也好。「老闆，說來聽聽好不好？我最喜歡聽故事了。」

老闆立刻笑了，慢條斯理地講起來：「是這樣子的：幾年前，有兩個漂漂亮亮的女孩子來琉璃廠逛，一眼看中這把壺，可是硬要說是贋品，並且舉了一大堆理由，什麼包鑲不對呀，款識有誤呀，說得我也迷糊起來，以爲自己真是『打了一輩子雁，倒被雁叼了眼』，沒的說，壓個狠價兒處理給那兩位小姐了。事後，還懊惱了幾個月，只差沒得心絞痛。」

「賣給那兩位小姐了？那怎麼這壺現在又在你店裏呢？」

「你聽我說完呀，奇就奇在這裏了——前冬裏，其中一位忽然找上門來，向我賠了半天不是，說當初其實並沒看準，不該訛了我，非要把壺白還給我不可。我一問才知道，原來買壺的那位姑娘年紀輕輕的，竟然一場大病給沒了，走之前，專門托朋友把這壺還我，說是不然就於心不安，死不瞑目。哎呀我那個心呀，就是聽不得這樣的事兒，當時就掉淚了。所以呀，一是爲了紀念那位姑娘，二呢，也是真對這壺的真僞沒有準兒，於是乎，就把它當了一件擺設，不賣了。」

「這麼傳奇?」我瞪大眼睛,「那位還壺的小姐呢?後來你有沒有再見過她?」

「沒有,聽說她不是北京人,那次來還壺,是專門替朋友還願來了。哎,要是這麼著,我倒又覺得這壺八成兒是真的了。」

「那又爲什麼?」

「爲什麼?你沒聽老話兒說的,這出土的東西呀,都有靈性,該是誰的就是誰的,你把它拿錯了,它自己會長腳按原路兒找回去。神著呢!所以呀,現在我把這壺當成鎮店之寶呢。你還別說,自從這壺又回到我手之後,我這店裏的生意還真是一個勁兒眼看著往好裏長,這壺啊,是不是真舊咱不說,可是個吉利物兒呢。我想啊,說不定是那女孩的魂兒附在這壺裏,保佑著我哪。」

是這樣?一席話說得我背上發涼,不禁又想起宋詞的那塊璧來,那塊璧原來又屬於誰呢?它同宋詞又有著怎樣的淵源?可也是自己長腳找回來的?璧上附著的,卻又是誰的陰靈?

本能地,我覺得宋詞的玉璧中藏著一種玄機,可以做爲解答我們三個人再世爲緣的鑰匙,只是,鑰匙有了,鎖在哪裏呢?

同老闆談談講講,很快消磨一下午,感覺上彷彿回到了台灣,在同爸爸講古。

一時間思家心切,我打個電話回家裏,順便替小李圓謊:「爸爸,我旅行回來了,玩得很好。」

爸爸的笑聲讓我差點落淚：「沒玩夠就再換個地方玩，下次可別忘了帶手機充電器。」

「不玩了，展示會就快到了，我很緊張呢。」

「緊張什麼？別忘了，你可是唐家的女兒啊！」

「如果沒人投標怎麼辦？」

「那就是『流標』了，也尋常得很。反正這次旨在宣傳，上會的並不是一流貨色，真正的玩藝兒等你定了消息才空運呢。大不了計畫擱置，也沒什麼損失。」

「如果做不好，您不會怪我吧。」

「不會。這是你第一次去北京，記得玩得開心點。」

第一次來北京嗎？我可不覺得。

掛了電話，我發現自己已經信步來到街尾處的一個測字攤，便坐下來，隨便卜一卦。

「就是個『唐』字吧。」

測字人是個灰衣老者，一臉皺紋如核桃的殼，可是臉色紅潤如嬰兒，說話咬文嚼字，偏偏又咬不清楚，十分費力：「唐？這可是歷史上最盛的一個時代。脫口直呼此字的人，該有帝王之命，至少也是個王侯將相。」

見我一臉好笑，又立刻改口：「但是看小姐的年齡打扮，富有餘，貴不足，當然現今也沒什麼皇親國戚，所以，點『唐』字倒也不全是好事。哪，唐字加一偏旁爲『搪塞』的

『搪』，意為命中有干戈；又唐字裏有半個『書』字加一個『口』字，小姐錦心繡口，學富五車，是斯文人；讀書人多清貧，但小姐的『書』與『口』之外有個『廣』字，那就罩得住了，在一個屋子裏讀書講話，豐衣足食，不是當老師的，就是做生意的……」

我明知江湖術士都是察言觀色，看人臉色說話，可是反正無聊，便同他東拉西扯：「那你說說看，我是做什麼生意的？」

「唐邊加一『米』字為『糖果』的『糖』，該是做糧食；又或者加一『王』字為『瑭璜』的『瑭』，小姐的生意與玉有關……」

我一愣，不甘心被他說中，故意打岔：「像你這樣測字，我也會，哪，『唐』邊加一『土』字，是『池塘』的『塘』，我是販鹹魚的；加一『蟲』字，是『螗蟬』的『螗』，我是養蟲子的；加個『水』字，是『溏心』的『溏』，我是賣雞蛋的……」

測字人不高興了：「小姐，你這是抬槓麼！我們測字加偏旁是有道理的，講究『金、木、水、火、土』，五行八卦，因地制宜，哪有像你這樣胡攪的？」

我聳聳肩，扔下一張鈔票趕緊閃開，已經轉彎了，測字人忿忿不平的聲音猶自遠遠傳來：「小姐，你別不服，我可告訴你，我加王旁時你無故打斷我，那就是缺玉，近日是要折財的……」

儘管不信，陰惻惻聲音仍然令我心驚肉跳。本來還想著小李家在琉璃廠有店面，準備捱家找一找，這下也顧不上了，拐出街口直接走到大馬路上來。

一抬眼，猛地發現馬路對面，隔著長長的斑馬線，張楚高挺的身影一柄劍一樣刺入我眼中。又遇上了，在這不經意的時刻！

## 十　開在廢墟裏的花朵

就在這時，石破天驚地，我聽到了歷史的回聲。

他在滿目廢墟中對我說：「我也喜歡你。」

時間忽然就靜止了。

淚水泉一樣地湧出，不可扼止，在這初夏的黃昏。

隔著人流和車流，我望著對面的張楚，不動。

他亦不動。完全沒有走過來的打算。

綠燈。讓車輛暢通無阻，卻讓行人止步。

我在心裏無聲地重複著一句話：又相遇了！

世上有多少人，北京有多少路，沒有人可以兩次踏進同一條河流，為什麼兩個人卻能一而再地偶遇？

這樣千千萬萬分之一的機會，同他遇上一次又一次。通常這樣的相遇，不是緣就是劫，都逃不過的。

可是他偏偏還是要逃，不肯再往前走一步。

隔著斑馬線，我看著他，不明白他爲什麼不肯跨過來。如果，如果到了下一分鐘，他還是不過來，我，我就要過去了。

我咬住嘴唇，決定不理會什麼道德與規範，也不顧忌所謂的自尊與矜持，讓驕傲見鬼去吧，我只知道，我想走近他，同他並肩而立，上長城，泡茶館，談曹雪芹，看梅蘭芳。只要同他在一起，做什麼都行，可以去天涯海角，就是在荒山孤島也不寂寞。

紅燈亮起來，車流停下來，我像一支小火箭一樣衝過去，衝過去，衝過馬路對面。馬路的對面，沒有他！

他走了！

他，走，了。

他不肯等我，紅燈亮了，他走了，他不肯等我。

我們之間，沒有緣，也沒有劫，什麼也沒有，只是一番一廂情願的獨自掙扎與奔跑。

精衛窮盡一生也填不平海，夸父至死也沒有追上太陽。

一廂情願。

異樣的寂寞，蝕一樣咬齧自己的心，碎片也不剩下，天地皆空。

我無目的地走在大街上，心在剎那間被洗劫得一片空蕩，我一無所有了，我的感情，驕傲，希望與執著，在紅燈亮起的一刻徹底消滅，不剩下一絲一毫。

路那麼長，人那麼多，車那麼擠，紅燈亮了又滅，滅了又亮，我還擁有什麼？

流不完的淚，不知道爲什麼要流淚？

我走。

長長的街道，曲裏拐彎，不知道拐向哪裏。下一個街口，有愛我的人在等我嗎？

經過很多很多很多的人，但不是他，再不是他。

我的心一片空白。空白如夜晚說過「再見」之後的電視螢幕。

半塌的四合院門牆上，寫著大大的「拆」字。

我停住，驀然驚醒，就是這裏，這就是他的家哦，是我們第一次見面的地方。它還沒有拆掉嗎？它在這裏，是要等我嗎？要等我將童年的感情與它一起埋葬。

一切都是註定的，是嗎？

我推開門走進去，心裏苦得流不出淚來。

這已經是一座死去的房子，上次我來的時候，還僅僅看到零亂，可是這一次，滿眼只剩下陳舊與頹敗。老樹已經不等人家來伐就自動枯死了，廢家具上落滿了灰，並不足以遮去它們的本色，可是看在眼裏，總覺得已經入土，或者，剛剛出土。到處都是雜草，卻並不茂盛，就好像草也預知死亡，而懶得費力氣出生一樣。枯樹葉和碎紙屑以及破塑膠袋掛在樹上招搖，像幡，為屋子招魂。

我在樹下坐下來，不思不想，房子死了，我的心也即將死去。如果就這樣沉默地守著房子化土化灰，也許對於我反而是最好的歸宿和解脫。

從十七年前的雪燈籠想起，到分別，到重逢，到思念與現實合二為一，到所有的希望與渴念摧毀，不，我並沒有做錯什麼，事情從頭來一次，我還是會那樣選擇，還是會一樣地愛上他，卑微而委屈地愛上他。怎能不愛呢？如果一切從頭來過，還是會走到今天。無可躲避。

然而，如果一切不是我的錯，又該是誰錯？是天嗎？老天何其欺我！

遠遠地，是誰在唱？

「若說沒奇緣，如何偏又遇著他；若說有奇緣，如何心事終虛話？」

怎麼肯就此心事成虛，怎麼肯讓尋找落空，讓重逢是錯，讓未來化零？怎麼肯？

不知道這樣坐了多久，院門「呀」一聲推開了。我舉起沉重的眼瞼望過去，看到蕭瑟的張楚。

心劇烈地刺痛起來，血液在身體內奔騰，四肢卻被禁錮了一樣不能動彈。

是張楚！張楚！張楚！張楚！張楚！

心在狂呼，可是發不出聲音；熱烈的注視穿透了夜幕迎向他，他一張臉也迅速地褪色了，白紙一樣。

什麼都不必說了，這一刻，我知道他的心同我一樣，也在被分別折磨著，也在爲重逢驚喜著，也在爲未來痛苦著，哦，張楚！張楚！

「房子的拆遷因故拖期了……我路過這裏，便想進來看看。」他終於開口說話了，聲音啞啞的，都不像真的。他自己也覺到了那份怪異，好像言不由衷的說話在此時此地全不和諧似的，說了也等同於沒說。

於是他不再說話，卻在我的對面倚著四腳朝天的破爛炕櫃站住了，不語，也不動，就那樣沉沉地望著我，望著我。

我們的眼睛，在空中交織碰撞，撞成永恆。

黃昏對著我們包圍過來，無聲無息地拂落，沉重而完整，無遠弗屆，是安慰，也是催促。遊動的夜色像一襲濕衣，挾裹著我的情感，飄出來，飄出來，再也無法自已。

良久，我在夜色的遮蔽下輕輕說：「我喜歡你。」

夜色載著我的愛的表白勇敢地悄悄地飛向他，飛向一片寂靜。

我的淚落下來，那句話彷彿是對我自己說的，或者，它們只是從我心上到舌尖打了個轉兒，根本沒有真正說出口。

如果它們不能得到回應，我也總算是說出來了，沉默了十七年的情懷，終於在今夜開啓，像一朵月夜的幽曇花，雖然只開一瞬，卻曾豔麗芳華。

然而，也正因爲我終於將心事說出，也就再沒有理由賴在他的身邊了吧，連佯狂的資格也放棄，自尊和矜持都消滅，我只有離開，只有離開。

可是，就在這時，石破天驚地，我聽到了歷史的回聲。

他在滿目廢墟中對我說：「我也喜歡你。」

時間忽然就靜止了。

淚水泉一樣地湧出，不可扼止，在這初夏的黃昏。

風中有隱約的香氣，不知是什麼花，我的聲音終於得到了來自記憶彼端的回應，我的從小到大的感情，珍藏了十七年的愛，終於得到了回應。他說，他也喜歡我。

夠了，這就夠了，我再也不求其他。

我不要承諾，不要將來，只要這一刻的溫存與承認。他終於承認了我，承認了我，這就夠了，就夠了。

他喜歡我，他喜歡我，他喜歡我！我的生命在他說出這句話的一刻得到了終極的完成，從來沒有一個時候像現在這樣慶幸我自己是活著的，慶幸自己作爲一個人而存在，作爲一個有思想有感情的人存在。

夜色更重地包裹了我，在夜色的蔭庇下，我靜靜地對著我的心傾訴，對著我的神告白，終於有勇氣說出埋藏心中已久的話。

「這一生，我愛過兩個人：第一個，是你；第二個，還是你。這是命中註定，我無法恨天，也無法自欺。我傷心過，逃避過，可是，所有的理智與原則沉澱後，有一點是無法改變的，就是我對你的愛。我不管你是不是已婚，不管我們有沒有將來，不管這份感情會不會得到祝福，更不問它有沒有結果我有沒有名份，我只知道，我愛你，這是不容更改的事實。如果愛你是錯，就請讓我，錯到底。」

我聽到眼淚墜落的聲音，很沉重，砸碎在廢墟的石稜上，我聽到。

而靈魂在眼淚墮下的一刻得到飛升。

我們在廢墟中擁吻，任夜色將兩個人牢牢捆縛，當整個世界靜止，當大地回到最初的混沌鴻蒙，只有我們的愛，在黑暗中依然閃亮，宛如午夜最燦爛的一朵煙花，即使短暫，也要照亮整個的人生。

我知道這一生我不可能愛其他人如愛他一樣，如果有一天我們不得不分開，而我不得不爲這片刻的愛的歡愉付出慘痛的代價，我會將雙腳踏在刀刃上歡笑著說：我愛過，我不後悔！

接下來的時間不知是苦澀更多還是甜蜜更多。

我和張楚終於開始約會，可是他每次都顯得十分沉重，同自己掙扎得很苦很苦。而我們在一起，對話反而比初見面時少了，常常靜坐整個下午，都不交流一句，而且，絕不談及感情。

我知道，他是在努力製造一種友誼的假像，可那是徒勞的，愛情就是愛情，不可能與友誼混淆。然而如果這樣可以使他的心好過一點，我願意合作。

於是本來就天真的我又刻意讓自己比實際年齡小了十歲，每次見面只是同他談些不著邊際的孩子話，只要他不提起將來，我也絕對不問，生怕給他帶來壓力，令他再一次退縮。

不知道世上有沒有第二對情侶的約會是像我們這樣：沒有山盟海誓，沒有燭光晚餐，沒有甜言蜜語，甚至也沒有四目交投，款款傳情。

有的，只是虛幌，只是壓抑，只是隱忍，只是卑屈。

終於相信，有時候相愛也是一種折磨。

一天傍晚，我們從酒吧裏走出，天上下著微雨，門口有兜售玫瑰的小女孩，見到我們，立刻迎上來流利地推銷：「姐姐好漂亮啊，哥哥給姐姐買枝玫瑰花吧。」

我暗暗希祈張楚可以接受，一枝玫瑰不過三塊錢，可是從他手中接過的愛情之花，應該是不同的吧？

可是他拒絕了，沉默地從女孩身邊經過。

我低下頭來，無限失落。他是存心地，不留下任何愛的痕跡，不願給我哪怕一枝花的表白。可是，我寧可讓他騙騙我，哪怕是假像也好，只要在這一分鐘，我知道他是愛我，就已經滿足。

已經走到停車場了，張楚抬頭看看天，忽然又轉回去，再回來時，我看到他抱著整籃的玫瑰。要麼不買，要買就買光，我忽然明白了他的心意，他是爲了，讓那個小女孩早一點回家，不要再淋雨做生意了。

他遞玫瑰的手欲送還休，我接過，打破僵局：「我知道，你不是真的要送我玫瑰，只是想幫助那個小女孩。」我故意笑一笑，說，「你對她要比對我好。」

「她讓我想起你小時候。」張楚凝視我，「唐詩，很慶幸我們沒有這樣的童年，不必在酒吧門口賣玫瑰來養家。上天對我們已經很好。」

感慨再一次將我的心充滿。

他做每一件事都這樣平和自然，不僅讓我愛，更令我敬。我低下頭，將臉埋在花束裏，深深地嗅。

走在街上，我抱著成籃的玫瑰，而他伴在我身旁，在路人的眼中，沒有人會不把我們當作是一對正在熱戀的情侶吧？

事實卻不是這樣。

我真的不知道我們的愛情將走向哪裏，總有一個結局的吧？可是我不敢細想，怕求全反毀。此時此地，我只想多見張楚一次，再見一次，如果明天是世界末日，我會微笑著面對，因爲終於可以死在有愛的季節。

然而，便是這樣的夢也不能長久。

那一日，當我又給張楚打電話約他見面時，他拒絕了我。他的聲音從彼端傳來，一句一頓：「我剛才陪妻子去醫院……她懷孕了……已經三個月……預產期在年底……唐詩，我不能再赴你的約。」

話筒從我的手中掉下來，心一層層地灰下去，彷彿陰霾密佈的天空，見不到一絲陽光，而且，永遠也不會重新開晴。

我已經經不起這樣一次又一次的拒絕和冷落，自尊與矜持早已零落成塵，被他踩在腳下，這都無所謂，可是同時還要被自己的良心與道德感折磨，卻使我再也無力承受。我並沒有一顆鐵打的心，何況，就算心真的是生鐵鑄成，也早已被情火與犯罪感冷熱交攻而融化。

他不來了，他說他不能再見我，他說他的妻子懷孕了，已經三個月了，預產期在明年初。

這使我們的相愛在忽然之間變得殘忍而無理。

可是，三個月前，我還沒有來到北京，還不認得張楚。這，能是我的錯嗎？我細細地想回頭，從四合院的初見，到黃葉村的重逢，到在大學校園裏他告訴我自己已婚，到琉璃廠旁邊隔著斑馬線的相望，到終於爆發的激情和不斷隱忍的畸愛……

然而，也終於只得放棄了。

妻子，懷孕，預產期……這些詞好像離我很遙遠，可是，我卻不能不理會。讓他怎樣來見我呢？如果我是他，我也無法在這個時候拋下懷孕的妻子去會見別的女孩。他不是無情，而恰恰是，太重情義。

是的，人情之外，還有義。很難說情與義孰重孰輕。

這樣的大前提下，我只得放棄了。

放棄，我的愛。

# 十一　失玉

每個人都有充足的證據證明當時不在現場。

只有宋詞和元歌兩個人嫌疑最大。

我的心已經灰了一半，

一邊太陽穴忽然劇烈地疼痛起來。

不可止的思念，不可止的寂寞，不可止的恍惚。

明知不可能，可是每一次電話鈴響，都忍不住要猜測是他；路上遇到略相似的身影，往往癡心地追出大半條街；並且忽然對所有的四合院產生強烈興趣，滿北京地找，無論開不開放，都死乞白賴求主人容我參觀。

從不知道原來愛一個人的感覺是這樣子的，生命的每一分鐘每一細節每一次呼吸都是爲了他，有他，就擁有全世界，而如果沒有了他，也就沒有了一切，花不香風不冷夜不黑陽光不明亮。

自己也知道這樣的情形太不健康，可是無可奈何，整顆心沉睡在冰河的底層，再也沒有人可以將它喚醒。仍然每天一次地跑往秀場，傻看傻笑傻吃傻睡，做每一件事都恍惚，都納悶，不知道這樣的忙碌是爲了什麼。

比任何時候都更喜歡讀宋詞。是宋詞三百首的宋詞，不是王朝廣告製作部經理的活人版宋詞。詞中說，「春心莫與花爭花，一寸相思一寸灰」，「衣帶漸寬終不悔，爲伊消得人憔悴」，「見了又休還是夢，坐來雖近遠如天」，「天涯萬一見溫柔，瘦亦爲此瘦，羞亦爲郎羞」，「便做春江都是淚，流不盡，許多愁」……

說得真好。只是，仍不足形容我心摧傷之萬一。

我開始渴望離開。只等展示一結束就立即打道回府，今生今世再不見他也罷了。

天氣一天天地暖，除了心。

終於正式彩排的日子到了，模特兒全幅披掛，戴上「再生緣」玉飾最後一次走台。

背景是一場大型儺舞表演。數十武士戴面具，執木劍，魑魅魍魎，載高載低，影子被燈光處理過，斜斜地投在幕布上，有形容不出的淒迷詭異。

儺舞，又稱儺戲、儺祭，是我國一種古老的文化傳統。儺面具，俗稱「臉殼子」，以木或者陶製成，色彩大紅大黑，張揚而單純，線條粗獷，有種原始而獰厲的美。

據說，面具的製作始於五千年前的原始社會，人類祖先在山林中與野獸做戰，爲了威懾敵人，也爲了給自己壯膽，戴面具以裝神弄鬼，虛張聲勢；後來南北朝時期，有齊蘭陵王高長恭英勇善戰，指揮有度，然相貌俊秀，面如敷粉，不足以懾眾，於是令人製面具戴上，指揮做戰，氣勢非凡。時人敬以爲神，紛紛效仿，至漢代，漸發展爲巫術禮儀，在宗教活動中用以驅鬼祭天，此風至清代尤爲盛行。

直到今天，陝西等地社火活動時，猶有儺戲表演，載歌載舞，穿村過戶，祝福人畜兩旺，除舊迎新。

此刻，在儺舞原始而粗獷的襯托下，身穿清宮服飾、珠圍玉繞的女模特兒們益發千嬌百媚，弱不勝衣，而玉的盈潤光澤也在飄忽的燈光處理下格外矚目，美不勝收。

我站在台下，目炫神馳，一時間不知今夕何昔，此地何處，因大力稱讚宋詞：「以舞劍配合玉飾秀，的確別出心裁。」

宋詞得意。

元歌悻悻。

我又轉而恭維她：「如果你肯登台，這些模特兒全都沒飯吃。」

元歌立即高興起來，笑得身子如花枝亂顫。宋詞斜一眼：「跟女人也忘不了發騷。」

「你懂什麼？」元歌翻她老大白眼，接著轉向我，面孔一變，飛個媚眼，「只有女人才最懂得欣賞女人。唐詩，噢？」

我失笑。這妮子左瞻右顧，竟能在眨眼間換出截然不同的兩副面孔，也堪稱一絕。

彩排後，宋詞著人收拾服裝玉飾，全部送往「王朝」經理室保險櫃收藏，元歌也要忙著準備明天記者招待會的事情，卻將我託付給小李：「你好好安排唐詩一下午的節目啊，明天就開展了，可別叫她緊張。」

我又笑，自從那次同她詳談過我的感情危機後，她待我就是這種不放心的態度，好像我是個迷路的孩子，需要她時時刻刻無微不至的照顧。同時，我發現她對小李說話的態度很奇怪，像是命令，又像是親昵，一種形容不出的柔媚嬌俏。

小李欣然領命，還特意打了個立正，說：「保證完成任務。」

他的確把任務完成得很好，安排了我滿滿一個黃昏的節目，先是去天安門看降旗，接著吃晚飯，到三里屯的吧喝一點東西，然後上夜店。

嘈吵的音樂和擁擠的人群裏，我和小李很快被擠散了，散了也就散了，天下無不散的筵席。

談笑風生狂歌勁舞的背後，我的心其實寂寞。

主持台上，渾身釘滿亮片的金毛ＤＪ在嘶聲呼喝：「Ladies and gentleman，今晚你們High不High呀？」

「High！」萬眾齊呼。

「High就大聲叫出來！」

「High！」少男少女們用盡他們渾身的力氣在叫喊，可是再用力，也聽不到自己的聲音。這裏已經沒有自我，每個人都是我，都在替我叫，替我High。

可是ＤＪ還是不滿足：「叫得大聲點！」

「High！」

「再大聲點！我聽不到！」

「High！High！High！」

有沒有一百六十分貝？

尖銳的叫聲幾乎要掀翻屋頂，而劇烈的跺腳聲要把舞池踏穿。人們瘋狂了，不管認識不認識，都互相擊掌，撞胯，甚至打耳光。後面的人抱著前面人的腰，圍成一圈一邊拚命跺腳一邊前行，那不是在跳舞，只是在發洩，動作完全變形了，肩在扭，胯在搖，大聲地叫，起勁地跳。

真是開心呀！怎麼會這麼開心呢？好像玩過了今天就沒有明天了似的。

這樣的快樂是要遭天妒的。

我在人群中跳著，叫著，流著無人知曉的淚。張楚，這樣的夜晚，你可想過我？

直到午夜兩點多，小李才將我送回賓館。

我再一次向他道謝，他笑：「元歌千托萬囑的，我一定要保證服務品質。」

我微笑，不禁有一絲感慨，還是幾天前的事情，凡我所思所想，他必會盡力辦到；轉眼間，陪我的目的已經不再是爲了我本身，而是要完成「元歌的任務」了。

疲倦使我終於一夜無夢。

只可惜，又被電話鈴吵醒。

「唐小姐，我是『王朝廣告』何敬之，你能馬上到公司來一趟嗎？」

「何董？」我驚訝，同「王朝」合作這麼久，我的事一直是由宋詞和元歌負責的，今天拍賣會就要正式舉行，難道中間出了變故，他們要臨陣換槍？

在「王朝」門前一下車，我就發現不對了，樓前竟然排滿警車，還有幾個員警一直在用通話器彼此聯絡。

保安阿清看到我，急急迎上來，臉色沉鬱：「唐小姐，沒想到那些玉是你的……」

「什麼玉？出了什麼事？」我驚訝，一顆心「砰砰」跳。

這時何敬之走過來，神情慌張與阿清彷彿：「唐小姐，這個，這個，真是……」

「何董你好。」我伸出手與他相握，發現他手心裏全是汗。「這裏好多員警，出了什麼事？」

「這個……您的玉不見了。」

「什麼？」

「唐小姐，我很抱歉。」何敬之拭一拭頭上的汗，「是這樣，今天一早，茶水小妹打掃時，發現七樓總經理辦公室的保險櫃被人撬了，秦副總經理也被殺害……」

「天哪！」我忍不住捂住嘴，「兇手抓到了嗎？」

「跑了，毫無線索。」

「保險櫃查過了嗎？」

「查過了，兇手不在裏面。」

聽到這樣的答案，再驚惶我也忍不住笑出來。

可是何某不笑，額上的汗仍然源源不斷地流出來：「唐小姐，我們已經報告保險公司，希望可以做出補償。公司出了這樣的事，我真是……真是……」

忽然有人一搭我肩膀，我回過頭，見是員警。

「唐詩小姐是吧？既然這次的失竊案與您有關，我們想請你錄一個口供，希望你能合作。」

「我願意合作。」

我看到現場，雖然秦歸田的屍體已經挪走，但是凌亂的桌面，滿地破碎的玻璃碴，斑駁的血跡，以及大開著的保險櫃門，仍然清楚地表明這裏曾經發生過非常可怕的事情。

「唐小姐，我謹代表北京市公安系統對你在我市的損失表示歉意和遺憾，但請你放心，我們會很快破案。」

「謝謝，我會全力合作。」

「請問你在什麼時間發現你的玉器丟失的？」

「剛才，你們讓我看現場的時候。」

「那麼，在此之前你是否知道玉飾藏在什麼地方呢？」

「不清楚，我只知道昨天排練太晚，玉飾由王朝暫時保管。」

「你說到昨天暫時由王朝保管，那麼往常呢？平時排練後這些玉飾會收藏在哪裏？」

「在我們再生緣北京分公司的保險櫃裏。事實上，在此之前，王朝所有人並沒有機會完全接觸到這些玉飾，直到昨天正式彩排才由真玉代替仿器的。」

「也就是說，昨天是王朝的工作人員以及模特兒們第一次真正看到這些玉？」

「是的。」

「這麼巧，這麼多玉器一直放在再生緣都沒有出事，剛拿到王朝就出事了？」

我微覺不悅：「您的意思是說，我們監守自盜？」

「當然不是，這是例行問話，唐小姐，你不要太敏感了。」

我做一個手勢：「請隨便問。」

說實話，在警局做口供實在不是一件令人愉快的事。那種情形，是讓任何一個清白無辜者都感到壓抑的，什麼叫「不做虧心事不怕鬼敲門」？真要是被敲了門，做不做虧心事都要嚇掉半條命的。

口供錄了整整一天，從「王朝」董事長何敬之到保安阿清、茶水小妹、以及眾模特兒一一問到，最後目標集中在宋詞、元歌兩個人身上。

「宋詞？元歌？」我大驚，「不會是她們兩個！」

「現在，你的玉飾展，我只有另安排人手了……」何董事長苦惱地攤攤手，「我也不希望是她們，可是審訊結果表明，只有她兩個的做案嫌疑最大。」

「爲什麼？」

「案發那天晚上，她們兩個都留在公司加班，走得最晚，也都知道藏玉的地方在七樓經理辦公室，又都同秦經理發生過爭執。保安說，那天元歌先離開大廈，衣冠不整，一臉怒氣；接著宋詞走出來，手裏拎著一大包東西。她們倆離開的時間相隔不到十分鐘，與法醫鑒定的死者被害時間吻合。這一點，大廳監視器的錄影帶可以證明。」

那錄影帶的拷貝我也看過，上面清楚地顯示出元歌和宋詞先後離開大廈的情形，元歌的臉上，美豔中透出殺氣。那樣子，正像是何敬之說的「衣冠不整，怒氣沖沖」。

「可是這也不能說明就是她們殺了秦經理呀。那些模特兒也都知道玉今晚收藏在大廈裏，還有一些瞭解內情的記者……」

「已經做過排查，每個人都有充足的證據證明當時不在現場。只有宋詞和元歌兩個人嫌疑最大，又沒有時間證人。而且，元歌已經承認在那天晚上同秦經理發生過爭執，原因是姓秦的想侮辱她，可是拒不承認殺人竊玉。做案現場也取到了她的指印與腳印，證明她確實到過做案現場。」

「宋詞呢？宋詞又爲什麼被拘？」

「秦經理死因已經查明，是酒後被人從腦後用酒瓶擊昏，然後以長統襪勒死的，頭上還被套了一隻大號保險套。你可能不知道，宋詞一直與秦經理不和，最近因爲升職問題還和他吵過架……」

「我知道。」我悶悶地答，耳邊忽然響起元歌的聲音——「全公司只有一個人敢當面罵秦經理色狼，那就是宋詞。有一次她爲了礦泉水廣告的事和老秦吵起來，居然詛咒他早晚有一天被長統襪和安全套悶死！」

我的心已經灰了一半：「那現在怎麼辦？」

「我們已經通知保險公司，希望可以對您做出補償。拍賣會的事兒，我也安排了人手……」

我不耐煩地打斷：「我不是說玉，是說宋詞和元歌。她們現在怎麼樣？」

何某愣一下才想起來回答：「還在警察局接受審訊，除非能提供不在場證據，否則起碼還要審幾天，不能探監，不能保釋。」

我一邊太陽穴忽然劇烈地疼痛起來。

# 十二　情願下地獄

張楚從心底裏發出最傷痛的哀呼：

「唐詩，我愛你，讓我們下地獄！」

是的，讓我們下地獄！讓我永世不得輪迴！

讓我上刀山下油鍋，被鍘刀斬成千萬片，

而一片碎屑裏仍然飽含著對他的愛！

秦歸田的死讓我在忽然之間對生命產生了極大的懷疑，如果它可以消逝得這樣輕易而徹底，那麼它又何曾真實地來過？對於死亡而言，他生前是一個第三者或者是一個惡魔究竟有什麼本質上的不同？人們的謾罵與歌頌又與他何干？

生我之前，我在何處？我死之後，去往何方？一個生命像花草一樣依時開放，但是究竟是風吹開花蕾，還是花的綻放釋放了風？

不知道花朵有什麼認識，但是我記不起三歲之前的任何一個細節，那時我已經是一個活生生的人，已經餓了會哭飽了會笑，可是我居然沒有記憶，那麼我思想到底借助什麼而產生？在生出之前又寄存於何處？是像知識一樣由父母暫且保管，等到日後再不斷灌進我頭腦中的嗎？那麼我死之後，這些知識與思想又還給了誰？它們存在的時候並沒有任何具體的形式，也不該因爲一個具體形式的消亡而消失。它們應該仍存在於空氣中的，在冥冥中尋找另一個載體。

生與死的大問題將我糾纏得頭痛欲裂，恨不得從腦子裏面伸一隻手出來把思路理理清楚，拂去濃煙迷霧，讓我看清案件的真件，還宋詞與元歌以清白。在北京，我只有這兩個朋友，如今她們忽然同時被抓，而我愛莫能助。

尤其是，她們的被拘同我有關，因爲我的玉。

我們三個人，就像被一道無形的咒語禁錮，有一個流行了幾個世紀的古老遊戲在逼迫我們入彀，使我們在完全不自知的情況下跌進陷阱，疲於奔命。

現在，終於有人爲此付出了生命的代價，可是遊戲一直沒有完，我們也就只得爲了自己並不瞭解的遊戲規則所驅使，裹脅其中，不得釋放。

她們的同時落難使我越來越堅信一切與仇恨有關，與我們前世的因緣有關。我不能對她們的遭遇袖手旁觀，若無其事。可是，我該怎麼辦？怎麼辦？

我抱住頭，疼得呻吟起來。在這種最迷茫無助的心情下，我唯一的念頭，就是想見張楚。

我想見到張楚，在痛苦與煩惱將我吞噬前，不顧一切地想見他。

可是，我不知道該怎樣找他，給他打電話嗎？約會他嗎？不，我不敢。我怕被他輕視。他已經拒絕了我了，讓我再怎樣開口求他？

我來到他校門前的公車站。

我知道他每天是坐這一趟車上下班的，也知道他今天下午有一堂課，我相信，只要等在這裏，我就一定會見到他。不論天塌地陷，我只想，再見他一面。

他下班的時間到了，可是，他沒有出現。

我等在那裏，願意將自己化爲一尊回首鹽柱，只要，可以等到他。

等到，天荒地老！

時間一分一秒地過去，天色漸漸地黑下來，人流從密變疏，直到每次車到站只有幾個人上下，仍然見不到張楚的蹤影。

我徘徊在公車站，心裏充滿絕望的孤寂。他講課的聲音又響起在我耳邊：「中國古代神話，都是些很寂寞的故事，有種悲劇精神，像夸父追日，像女媧補天，像嫦娥奔月，像精衛填海，充滿孤獨的意味……」

夸父追不到他的太陽，精衛填不平無底的大海，我，是不是也永遠不能等到張楚？這是老天對我的懲罰嗎？罰我愛上一個不可以愛的人？

失望和自卑潮水般將我淹沒。

宋詞和元歌在警局中被審訊，而我，則被自己的心審判。

霓虹燈漸次亮起，末班車也過了，我不知道自己已經等待了多久，總有一個世紀那麼長吧？

秦歸田死了，宋詞和元歌被拘留了，沒有一個人可以幫助我，安慰我。在這廣闊的世間，我是這樣渺小孤獨，而由於張楚的冷落，這份渺小就變得更加刺傷。

四肢僵硬地，每走一步都會發出「咯咯」聲，我昏昏然地走進一個小巷，有幾個阿飛坐在路燈下打撲克，見到我，一起吹起口哨來。

我聽不見也看不見，迎著他們無畏懼地走過去，讓我毀滅吧，讓那個純潔的充滿愛的幻想的唐詩從此消失！讓我從沒有在這個世界上真實存在過。

路被擋住了，有嘻笑聲響在耳邊：「小姐，一起玩玩？」

我茫然地抬頭，看著那一張張淫笑著的臉。一隻有紋青的手抓住了我的胳膊：「妞兒，給我來。」意識回到我的腦海中，我害怕起來，推開眼前的人往回跑，然而提包袋被人抓住了，接著，我跌進一個阿飛的懷裏，天旋地轉間，無數張嘻笑的臉對著我俯衝下來。

「啊！」我再也忍不住，高聲尖叫起來，抓我的阿飛嚇了一跳，「喊什麼？你想把員警召來？閉嘴！」

「對不起我來晚了。」這時我聽到張楚的聲音從天而降，他彷彿突然從地底下冒出來一樣，一手拉過我，對那些阿飛說：「她是我女朋友，約好了在這兒等我。你們認識她嗎？」

「不認識。是你女朋友，你帶走好了。別再放她出來亂走，勾引人犯罪啊？」阿飛們嘻嘻哈哈地說著鹹濕話，張楚一聲不響，拉了我便走。

我呆呆地跟著他，腦子裏混亂一片，這一天發生的事情太多了，又等待得太久，人已經木了，加上剛剛受了驚，我有些轉不過筋。

直到在咖啡館坐定了，仍然沒有想清楚到底發生了什麼事。

他點燃一支煙，默默地吸著，一言不發。

然後，我漸漸清醒過來，將思路理出一個頭緒。沒有道理他會像一個先知那樣出現得那麼及時，剛好在我受到流氓調戲時從天而降，他一定是早就發現我了，當我在月台上等他時他就發現了，卻故意不出現，只遠遠地注意著我。這樣說來，我倒是應該感謝那幾個阿飛了。

我輕喟，低低地問：「如果不是那幾個阿飛，就算我等到天亮，你也不會出來見我的是不是？」

他看著我，不語。

我再問他：「我真的，就那麼讓你討厭？」

他搖頭，眼神慘痛，額上青筋湛然，卻仍不說話。

我不忍心看到他痛苦，也不願意再逼他。一切都是我的錯，是我不爭氣，是我沒矜持，我該從他面前徹底消失才對。

再堅強的心也禁不起那樣一次又一次的揉搓，折磨著我的，不僅僅是苦戀，還有挑戰道德所帶來的屈辱。我忍住狂湧上來的淚水，低低地，很快地說：「我明白了，張楚，對不起，你放心，以後，我再也不會纏你了。」站起身，我一分鐘也不耽擱，轉身便走。

他沒有留我。

他怎能留我呢？他的妻子在懷孕，他不可以在這個時候兼愛。他是正義的，他要對他的良心負責。

但是，我的心呢？我的心痛得這樣深切而劇烈，難道就這樣一直等著它徹底粉碎嗎？

上了計程車，已經走出很遠了，我卻又後悔起來。這大概便是我們的最後一次見面了，以後，除非十二分精心計畫，只怕再也見不到他。就這樣分手了嗎？

不，不，我要再看他一眼，哪怕，只是背影，只看一眼。

我令司機掉頭重新向咖啡館馳去。也許他已經走了，也許他還在，但是，我總得試一回。

這次，我注意到那咖啡館的牌子叫做「老故事」。老故事，是些什麼樣的故事呢？

巷子口，剛才那幾個阿飛打牌的地方，有人圍成一圈在高聲叫著什麼。我心裏一動，趕緊讓司機停了車，結清車錢向人群中擠去。

是張楚！竟是張楚！他在我走後竟然又回到巷口，找那些流氓大打出手。淚一下子湧出來，我在這一刻清楚地意識到張楚愛我有多深，而他的痛苦又有多強，強到不能自抑，要借一場打鬥來發洩來自罰的地步。

人群大呼小叫著，莫名興奮，張楚的身手很好，當他打架的時候，全然不像一個大學老師。那個童年的張國力又重新出現在我面前，是的，這一刻，他不再是張楚，而是我生命中的張國力。那個帶著我打遍曾經欺侮過我的所有仇家的張國力，他童稚的聲音又響起在我耳邊：「聽著，以後誰再敢欺負丫頭，我就揍他！」

那時的他是多麼英武能幹，天真率直，如今，他又回來了！

遠遠地，傳來警車鳴笛的聲音，有人報了警麼？我猛地從童年的回憶中驚醒過來，衝進人群拉住張楚大喊：「警察來了，快跑！」

就像香港片中常演的那樣，我們倆手拉著手狂奔起來，在小胡同裏左穿右穿，很快鑽進人群裏逃之夭夭。當我們肯定自己已經絕對安全了的時候，便停下來相視大笑起來，拚力的奔跑將剛才的鬱悶一掃而空，我喘著氣說：「我發誓，我從來沒有跑得這麼快過。」

「我也發誓，你從來沒有被員警追過。」張楚笑著，「如果被記者拍到照片，說不定可以上新聞頭條。」

這時候我注意到他的臉上有一塊青，情不自禁地伸出手去，輕輕覆在上面，問他：「疼嗎？」

他抓住我的手，緊緊地攥了一下，但是很快便鬆開了，轉過頭說：「沒關係……唐詩，我送你回去。」

「張楚……」我的聲音哽咽起來，「沒想到你也會和人打架。」

「你現在知道了？其實有的時候我也很野蠻的，不是你想像中的斯文人。」他自嘲地笑笑，「讓你失望了，是嗎？」

失望？我看著他，難道他不知道，這樣做，只會使我更愛他？愛他的斯文，也愛他的野蠻。我情願他不要這麼好，情願他讓我失望，可是，日甚一日，我卻更加愛他。

我低下頭，看到地磚上忽然掉落一滴水，俄傾，又是一滴。這時候我才知道是我自己在流淚。哦，我又哭了，沒出息的我，好像自從重新遇到張楚之後，就只會沒完沒了地落淚。

看到我的淚，張楚忽然崩潰下來：「唐詩，不要哭。ㄚ頭，不要哭，好不好？」一聲「ㄚ頭」，讓我更加難以自持，猛地投進他懷中哭出聲來：「張楚，我怎麼辦？我該怎麼辦？我不能夠不愛你，沒有辦法不愛你。」

我看著他，看著我心中的神：「張楚，我知道我不對，不該再纏著你。我唯一做錯的，就是一而再再而三地，重複地愛上你。可是，我有什麼理由不愛你？你那麼博學，智慧，熱情，真誠，對人充滿信任和善意。這樣的你，一次又一次出現在我面前，就好像在劫難逃。張楚，不是我想要愛你，而是，我不能夠不愛你，我沒有理由不愛你。」

「就像，我也沒有理由不愛你一樣。」他低語，用盡他渾身的力將我緊緊地擁抱，在我耳邊絕望地，沉痛地呢喃，「唐詩，相信我，我的痛苦絕對不亞於你，你這麼美麗，善良，癡情又正直，我又怎麼可能不愛你？那次，在醫院裏，我一天天地守著你，心疼得要發瘋，幾次都想衝進去大聲地告訴你我愛你。可是，我沒有資格，沒有立場來愛你，我是個已婚的男人，而我的太太，在懷孕。這樣的男人，該下地獄！」

「不，不，不！」我迷亂地大聲地叫著，「我並不要你背叛妻子，我不會要求你離婚的，你還是可以做個好丈夫，好爸爸，我只是要你知道，我愛你，這就夠了；而如果，如果你也能同樣地愛上我，已經是我最大的幸福。我不要求名份，我只要和你在一起！」

「這不可能！」張楚閉上眼睛，我看到淚水從他緊閉的眼中流下來，他說得對，他的痛苦並不亞於我，除了愛而不能的無奈之外，他所多背負於我的，還有良心的自責和道德的鞭撻，「我不能夠愛你而不給你將來，我不能夠同時愛著兩個女人也傷害兩個女人。我必須選擇其一！」

「於是，你選擇了她而放棄我，是嗎？」我苦苦地問。

他看著我，眼神痛楚得欲流出血來：「我早已做出了選擇，不是嗎？早在和你重逢之前，我已經結婚，已經用我的婚姻做出了選擇，我沒有理由再選擇第二次，不是嗎?!」

「不是！」我大聲喊，「那不是選擇，那時候你還沒有找到我，你只不過先遇上了她，可是現在我來了，現在你才要重新選擇……」

「那麼，你讓我怎樣選擇?放棄她嗎?放棄一個毫無過錯的我的孩子的母親?!」

張楚的話將我問住了，不，傷害別人不是我的本意，尤其是傷害一個同樣癡情善良的女人，我愛張楚，就該愛張楚的所愛，並愛著所有同我一樣愛張楚的人，而不該把自己當成她們的敵人，那樣，不僅傷害了對方，也傷害了張楚，從而，更深地傷害了我自己。不，我不能，我不能那樣自私而殘忍。可是，可是我愛張楚，我該怎麼辦?

我捂住臉痛哭起來：「張楚，讓我忘記你，你爲什麼不可以壞一點?不要這麼優秀，這麼善良，這麼正直，這麼，讓我絕望地愛著你！」

我們再一次緊緊地擁抱，將淚流在了一起。爲什麼，世界不可以在這一刻天塌地陷，讓我，死在愛人的懷中？

我在那一刻再次對自己說我應該離開張楚，可是，當我這樣對自己說著的時候，就彷彿有一柄劍深深刺進我的心，並在不斷地翻滾、扭絞，讓我知道，世上任何一種痛苦都不及離開張楚所帶來的痛，與愛他相比，一切的原則、驕傲、道德、名份，都顯得微不足道。

忽然之間，我的腦中一片澄明，看清了自己，也看清他的愛。我抬起頭，依偎在他懷中，一字一句地發誓：「張楚，我愛你，不需要任何的條件，我不奢望你對我比對你妻子更好，甚至連一個婢妾的身分也不敢要求，我不會妨礙你做好丈夫，好爸爸，我只想你允許我愛你。因爲，不論你許或不許，我總是愛你的！」

「唐詩！」張楚低低地爆發地叫了一聲，就猛地將我抱在了懷裏，他輾轉地吻著我，流著淚，被摯愛與內疚糾纏著，從心底裏發出最傷痛的哀呼：「唐詩，我愛你，讓我們下地獄！」

是的，讓我們下地獄！讓我永世不得輪迴！讓我上刀山下油鍋，被鍘刀斬成千萬片，而一片碎屑裏仍然飽含著對他的愛！

# 十三 尋夢圓明園

我漸漸看清他，眉目英挺，與我有三分相似：「你到底是誰？」

「我是你。」

「我？」

「對，我是你的前身。我就是你，你就是我。」

宋詞被拘的第三天，我接到一個特別的電話，一個陌生男人的電話，說想約我見面。

「我認識你嗎？」我奇怪地問。

「不，不認識，我姓蘇，是宋詞的前夫。」

我立刻說：「你在哪裏？我馬上來。」

我們約在圓明園見面。

這是一個三十來歲的中年人，舉止得體，神情憂鬱，略帶滄桑感，看得出，他對宋詞是真關心，見了面，劈頭就問：「唐小姐，你怎麼看這件事？」

「我相信不是宋詞做的。」我立即表明立場，「她是我好友，不會殺人竊玉。」

「你是失主，如果你肯相信她，事情會簡單得多。」蘇君明顯鬆一口氣，忽然歎息，「宋詞生性傲慢，自視清高，難能交到朋友。遇到你，真是她的幸運。」

「然而失去你卻是她至大不幸。」這句話只在我心裏，沒有說出口。明明蘇君很關心她，不知宋詞是聰明還是笨，放著這麼好的一個丈夫，竟肯輕易離婚。

我忽然想到一件事：「你是怎麼知道消息的？」

「警方通知家屬送衣裳，宋詞報的家屬是我。」

「為什麼不通知她父親？我聽說宋詞的爸爸身居高位……」

「宋詞特意叮囑，不要她的家人知道。」蘇君眼圈有些發潮，「宋詞從小生活在父親的光環裏，內心很苦惱，一直和家人賭氣，離了婚也不肯回家去住，自己租房獨居。可是在她內心深處，其實很孝順，生怕父親知道這件事會著急……」
我點點頭。宋詞一直抱怨生為官家女，真不知特權階級給她帶來福利更多還是煩惱更多。
我們坐在那座著名的殘碑下討論案情。我的神思忽然又不受牽制地飛出去老遠，一時扯不回來。
「這地方我來過。」我對蘇君說。
「是嗎？什麼時候？」
「上輩子。」
他愣一愣，但是沒說什麼。這使我越發覺出這男人的深度和風度來。我知道他根本不會相信我說的每一句話，可還是忍不住想對他訴說，也許，只是因為他是宋詞的丈夫吧。
「我真的覺得我來過這裏，很熟悉。但是我來的時候，這裏不是這個樣子，它是完整的，漢白玉的建築，斗拱飛簷，雕龍刻鳳，美侖美奐……」
不僅是這裏，還有外城，內城，甕城，閉上眼，都可以歷歷在目。
內城各城樓重簷歇山頂，上鋪灰筒瓦，綠琉璃剪邊。面闊七間，進深五間，其中以正陽門規格最高，在各城樓中也最壯觀。
城門外有箭樓，角樓，敵台，閘門，護城河……
一夫當關，萬夫莫開。

可是那樣堅固的防守，依然抵不住洋槍洋炮，終使百年繁華一朝火葬，華美的圓明園夷爲平地。

「我彷彿可以看見峨冠高屐的女子從林中走過，香風習習，環佩叮咚。這裏曾經一度歌舞不休，秀麗無雙，可是現在，正應了那句唱詞：『良辰美景奈何天，賞心樂事誰家院，似這般，都付與斷壁頹垣』……」我覺得痛心，但是立刻省起自己跑題跑得太遠了，不由抱歉地笑笑：「對不起，我又在自說自話了。」

蘇君的確是正人君子，對我癡人說夢的自白並沒有絲毫見怪，但是也不會順著我的話展開討論。他輕描淡寫地轉入正題：「要想讓宋詞和元歌儘快洗清自己，首先，要考慮一下有沒有可能找到她們兩人的不在場證據。」

「元歌不可能，現場有她的指紋和鞋印。宋詞沒有。」我回答，心裏更加讚歎這蘇君的爲人端方，他並沒有只提宋詞，而是說，「要讓宋詞和元歌洗清自己」，「要找出她們兩人的不在場證據」。這才是有責任感正義感的大男人。我又一次感歎，不明白宋詞爲什麼會錯過這樣好的丈夫。

蘇君沉吟：「沒有指紋也不能說明她不在場，可能是銷毀了。所以，還得設法尋找不在場時間。」

「也不行。保安說，她們兩個先後離開大廈，時間和案發時間吻合。」

「這也不行，那就要證明沒有殺人動機。」

「可是她倆都和姓秦的有仇，一個吵過架，還有一個在案發當天還鬧過一場彆扭。」

談到這裏，我不禁洩氣：「好像一點成功的可能性都沒有啊。」

蘇君不放棄，繼續分析：「那就剩下最後一條，證明她們沒有殺人能力。」

我一震，彷彿在黑暗中看到一線光明：「我想起來了，宋詞有帕金森氏症，稍微激動就會兩手發抖，又怎麼可能有力氣用絲襪勒死人呢？」

「是呀！我怎麼沒有想到?!」蘇君大喜，「我有她的醫生證明，我這就回去拿。」

「我跟你一起去警察局。」

「不用親自去，我已經替她請了最好的辯護律師，他會替我們出頭處理這件事。」臨走，他忽然想起什麼，從口袋裏取出一隻盒子交給我：「對了，宋詞讓人拿出來給你的。」

「是什麼？」

「我也不知道。只聽警察局的人傳話說，宋詞說不知道這輩子還能不能再出來了，讓人把這個送給你，做個紀念。」

盒子打開來，是那塊玉璧，龍蟠雲上，栩栩如生。我緊緊握住，忽然流下淚來。

蘇君走後，我在圓明園的亂石叢中坐下來，緊緊攥著那塊玉，彷彿攥著自己的生命。

我知道在以往的時間的無涯的海洋中，曾經流過我另一個自己。而如今，兩個我借助這塊玉聯結了。

我把它戴在胸前，於是我就有了兩顆心，一顆在胸膛內跳動，一顆在身體外呼應，就像有兩個我在冥冥中對話一樣。

在它們的呼應中，某種神秘的力量產生了，那是一種界於回憶與臆想之間的東西，一種屬於思想範圍的意念。

許久以來，我站在思想的懸崖邊上，不知道該跳入峽谷亦或退依絕壁。

時間像一道聒噪的風呼嘯而過，風中有被我遺忘了的記憶的碎片，但是它們無法聯綴成任何一段完整的情節，也不能束成一束思想。

我不知道該用一條什麼樣的紐帶貫串它們，但是確切地感到那其中固執的聯繫。

但是當那塊玉在我的手掌中溫暖地跳動時，我終於按穩了時間的脈搏，找到了那條通向記憶的甬道。

望著周圍的建築，望著那著名的殘碑，我愈發確切地知道，我來過這裏，不僅我來過，宋詞和元歌也來過，她們穿著古代的衣服，穿花拂柳而來，輕盈而憂傷。

天上的星一顆顆亮起來。

我雙手抱膝，沉浸在自己的回憶中。早已經過了閉園時間，但是我不想走，不爲什麼，就是想在這裏多坐一會兒。古老的建築和深沉的夜使我心情寧靜，我渴望在星空下找回自己的心。

看園人進來巡視了一周，大概是驅逐留連忘返的遊客，我正在打腹稿如何說服他們放過我，可是他們卻毫無所見地走了。

奇怪，我明明看到他們的眼光在我身上掠過，爲何竟像是沒有看見我？

何處傳來一聲幽幽歎息。

我悚然，撒目四顧，月光下斷碑殘垣愈發淒美動人。

我大聲問：「誰？誰在那裏？」

又一聲歎息響起，幽淒動人。

這一次聽清了，聲音來自背後。我猛地回頭，差點扭了脖子，發現不知何時，竟有一個穿古代服裝的男人坐在斷碑上，兩隻腳蕩來蕩去，正對著我微微笑。

近日研究有功，月色朦朧中我認出那一身是清代服飾。

「你是誰？什麼時候進來的？我怎麼沒看見你？」

「剛才天太亮了，我沒辦法讓你看見我。但是現在可以了。」他從碑上跳下來，落地無聲，而且也沒有影子。「你很奇怪他們沒發現你是嗎？那是因爲我幫了你。」

我漸漸看清他，眉目英挺，與我有三分相似，心中略略有數：「你到底是誰？」

「我是你。」

「我？」

「對，我是你的前身。我就是你，你就是我。」

說簡單點，就是鬼。

我是遇見鬼了。

一個古代男鬼。

但是我毫不驚訝，而且立刻便信了。

夢中見他太多次，如今終於面對面見到，倒也並不害怕。反而因爲尋找了太久的謎底馬上就要水落石出，而不能不感到幾分興奮。

「那麼，」我問我的前身，「我到底是誰呢？」

「吳應熊。」

「吳應熊？」咦，這個名字好像很熟，但是一下子想不起來。

「連吳應熊你都不知道？我在今世這樣沒名氣嗎？」他有些不滿，「你不知道我，總知道我的父親吳三桂吧？」

「啊！原來你是吳三桂的兒子吳應熊，娶了十四格格那位。」真是失敬。想不到我前身這般著名。

他咧開嘴笑：「對，正是我！看來你對你自己還有點認識嘛。」

「我自己？」

「是呀。我不是說過了嗎？我就是你，你就是我。」

「可是，你是怎麼做到的呢？每個人都有前世今生，爲什麼只有你可以找到我？」

「很簡單，靠它。」他指一指我的胸前。

我低下頭，看到那塊雲龍璧在月光下瑩瑩閃爍，發出不同尋常的光亮。原來是它！果然是它！

「可是，它爲什麼會有這樣大的法力呢？」

「虧你還是玉人呢，對玉竟然這樣缺乏常識。」他對我這個後身好像特別多不滿，「要知道，玉是萬物中最有靈性的，可以通過它接通來世今生，幽明兩界。知道『巫婆』的『巫』字嗎？《說文解字》上說：巫，雙手持玉者也。所以說，持玉的人是有法術的。我，就是通過這塊玉和你取得了聯絡。」

「我還是不懂。」

「這還不懂。比如說吧，你爲什麼會從台灣來到北京？」

「因爲玉飾拍賣會。」

「就是啦，玉既然能連接空間，當然也可以連接時間。時空因爲某件事物而發生關係，就可以聯繫起來，就這麼簡單。」

「我還是不懂，不過，說玉有巫術，有靈性，也許我還更容易接受一些。因爲我知道，以前占卜用的簽，就是玉做的；大臣們上奏的牒，也是玉做的；還有號令三軍的璋，也是玉；兩國修好，也以圭相贈，叫做化干戈爲玉帛；還有……」

「好了好了，看來你對玉還有點認識，不愧是我的後身。」

「你是說，我對玉的靈感是因爲你？」

「那當然了，你以爲那些本領會自動跑到你腦袋裏去？是我帶給你的。」

我奇怪：「喂，你說你是鬼，還是個清朝鬼，可是爲什麼講話好像同我們沒什麼分別？」

「你可真笨。」他搖頭，對於自己的後身竟然如此蠢笨十分費解，「我都說了一百次了，我就是你，你就是我，當然你怎麼講話我就怎麼講話了，要是自己跟自己溝通都發生問題，那還成什麼世界？」

「好，算你說得有理。但是，爲什麼你現在才出現呢？」

「哪哪，又笨了不是？你不是今天才拿到這塊玉嗎？」

「你是說，這塊玉當初就是屬於我的？」

「那當然。要不，今天我怎麼能通過它找到你？」

我想起紫砂壺店老闆的話來：出土的東西有靈性，屬於誰，會自己長腳找回去。這樣說來，宋詞將璧玉送給我是註定的，推也推不掉。

「可是，你爲什麼要找我呢？」

「因爲要幫助你，哦不，是你們，哦不，是我們，消災解難。」

「什麼我們你們的？」

「你到現在還不知道發生了什麼事嗎？好，你聽我從頭跟你說吧。」

# 十四　吳應熊和建寧格格的故事

恪純死了，香兒死了，吳應熊，也奉旨裹玉自焚，

可是，

那麼多未償的心願，那麼深的纏綿，那麼不甘的仇恨，

怎麼肯就此甘休，隨土風化？

故事講完，清朝男鬼吳應熊的眼中流下兩行淚來。

順治十年，即西元一六五三年八月，莊妃皇太后主婚，將十三歲的恪純長公主下嫁平西王吳三桂之子吳應熊。

這是一場不折不扣的政治婚姻。

也是清朝歷史上第一次滿洲格格與漢人子弟聯姻。

恪純長公主，原稱金福格格，爲皇太極第十四女，她並非嫡出，而是由庶妃奇壘氏所生。相傳奇壘氏是漠南蒙古察哈爾部的絕代佳人，是皇太極征服察哈爾部的戰利品，她雖然出身卑微，但爲人謙和，才貌出眾，在眾后妃中最得皇太極歡心，長占龍床，獨擅專寵，連皇后也要對她禮讓三分。

崇德六年，即一六四一年，皇太極兵圍錦州，久戰不下，只得丟下身懷六甲的奇壘氏御駕親征。正當他率大軍趕赴錦州前線時，當年十二月，恪純長公主降生了。與此同時，清軍忽然如有神助，戰場形勢迅速發生逆轉，明軍節節敗退，短短十天裏，十三萬大軍損失殆盡，僅被斬殺者就有五萬多人，屍橫遍野，慘烈至極。

皇太極認爲這是小公主給他帶來的「勃興之兆」，於是破例爲剛滿周歲的她進行冊封。按照清制，公主一般在十三歲才可以受封，皇后之女封爲「固倫公主」，品級相當於親王；妃嬪所生的則封爲「和碩公主」，品級相當於郡主。但是恪純卻有特許，可以享受和固倫公主相同的俸祿。這前所未有的殊榮養成了她自幼驕縱的個性。

然而好景不長，在她三歲的時候，皇太極駕崩，緊接著，多爾袞也因病去逝，而新繼位的順治帝年紀尚幼，於是宮中大權落到莊妃皇太后手上。她主持的第一場婚禮即是將恪純許配給吳應熊。

那時候恪純已經十三歲了，這十年間，她清楚地看到自己的地位是怎樣一天天發生改變的，父皇死後，和碩公主與固倫公主的差別慢慢顯現出來，服飾、飲食、年例都有分級，最重要的，是她所有的姐妹不是嫁給蒙古王公就是滿洲貴族，可是只有她，卻要嫁給漢人。

這對於恪純來說，是一種難以忍受的屈辱。她終於知道，自己即使從小接受冊封，可是庶出終究是庶出，她到底沒有能力與真正的皇權鬥爭。

她哭泣，憤怒，悲哀，甚至絕食，可是她終於在一片吹打聲中出嫁了。孝莊皇后，人們心目中最完美的女性，最仁厚的長者，她特意宣詔，將恪純出嫁的嫁妝禮服和婚禮儀仗都依照和碩公主的品級來準備，但要比其他和碩公主豐厚得多，由欽天監選取吉日，內務府具體負責，隆重操辦，備極華麗。

可是那又怎麼樣呢？和碩公主畢竟是和碩公主，頂戴花翎同儀仗禮數全不相同。而且，婚禮是否幸福看的不是儀式，而是她要嫁的那個人。額駙是個漢人，這是不容更改的事實，這事實抹煞了所有的表面風光，讓恪純幼小的心靈深深受傷。她對未見面的夫婿盛滿了恨和不屑。

巧的是，吳應熊也並不想娶她，娶一個格格做妻子，儼然是娶一個眼線回家。他非常清楚這宗政治婚姻的實質，明白他留駐京城，賜住額駙府並不是一種光榮。他無法感恩。

自懂事起，少年吳應熊就知道一件事：父親吳三桂是天字第一號大漢奸！自己是漢奸之子！

出身不可選擇，他惶惑了。在那個時代，所有的課本都只講了「忠、孝」兩個字，可是他卻無君可忠，有父難孝。

他的君王，是滿人。如果他真是忠臣，他應該反清復明；可是出賣大明江山的，正是他的父親吳三桂！試問，他該忠於誰？又怎樣去盡孝？

也曾習文，天資既聰穎，不難錦心繡口，滿腹經綸，然而讀書人最高成就無非中舉，然既生爲吳三桂之子，榮華富貴已是囊中物，何須趕考？

也曾學武，劍走流星，刀趕日月，卻又如何？不是沒機會上戰場，但是任務是「平反」，平的是「反清復明」的正義之師，試問手中劍如何舉起揮下？

他的劍鏽了，他的詩廢了，漢奸之子的身分像影子一樣地跟隨著他，人們因爲他的身分而畏懼他，更鄙夷他。他沒有朋友，沒有親信，沒有志向，唯一的樂趣只是玩玉。

因爲他覺得自己的處境和玉很像——玉本是名貴的石頭，質地堅硬，光澤溫潤，但是偏偏容易受沁，沾上什麼就變成什麼色，俗稱「十三彩」，就是很難有自己的顏色。除非有人肯過氣給它，溫存地對待它，才可以使它去盡色沁，恢復本性。

他從早到晚撫摩著玉，幻想有一天，自己也可以像玉一樣，得到一個人溫柔的愛，讓他的心靈復甦。

可是，他偏偏娶了格格。

指婚之日，他身著蟒袍補服，由贊事大使指引，在乾清門東階下跪領聖旨，授爵三等精奇尼哈番加少保兼太子太保。接著到午門恭進「九九大禮」，入宮赴宴接駕。順治帝在保和殿設宴，宴請額駙及王公大臣；孝莊皇后在慈寧宮設宴，款待眾妃嬪及朝中命婦。宮中奏起中和韶樂和丹陛樂，一派喜樂氣氛。

他醉了。

從此他知道，自己正式成爲一個沒有自由的人，一個父親的人質，更深地捲進他所痛恨的政治漩渦之中。即使在自己的家中，也不可以隨便說話，否則隨時就會被安上不知什麼罪名推到他剛剛進禮的午門斬首。

運送嫁妝的車馬排了長長的一隊，浩浩蕩蕩開至額駙府來。

他看到格格。

她真美，美若天仙。可是他毫不心動，看她的眼神，如同看著一柄懸在自己頭上的利劍，不知道它何時會呼嘯劈下。

而她看他的眼神，也同樣地冷，充滿敵意。

新婚第一夜，他們並沒有同床。

但是當然他也不敢怠慢她，他們只是生疏，相敬如賓。哦不，不是相敬，因爲只是他敬她，不是敬重，是敬畏。而且，不僅是如「賓」，是如「貴賓」，因爲她的的確確是一位太尊貴的來賓。

他對她的態度，正是一個臣子對公主應該有的那樣，朝叩頭晚請安，不疏禮數。而她也似乎很高興他這樣對待她，樂得逍遙。實在，她還太小了，對男女之事尙無經驗，亦無渴望。

這一切，都被隨嫁的宮女香兒看在眼裏。香兒今年十六了，已經人事初通，早自皇后欽點由她陪嫁的那一刻起，她就已經替自己的命運做了安排，陪嫁，不就是陪著嫁嗎？她認爲真正嫁額駙的人不是公主，而是她，香兒。

格格的嫁妝中，有一件龍紋玉璧是額駙所珍愛的，他將它穿了繩掛在自己的胸前。香兒看在眼裏，不聲不響，替他另結一條五彩絲絛，換掉了那根紅繩。

於是他注意到了她，注意到了她的美麗嫵媚，也注意到了她的風流宛轉。最重要的，是她和他一樣，都是漢人。

當公主發現自己的婢女搶了駙馬之後，暴怒不已，同時她發現，自己的憤怒中，其實有很大的吃醋的成分，原來，不知不覺，她早已愛上他的儒雅溫存，越來越被他那種憂鬱的氣質所吸引。她喜歡他看玉時那種專注的眼神，不只一次渴望它也可以在自己的身上留連；她更喜歡聽他讀詩，那悠揚的語調像一首遙遠的歌。他最喜歡念的一首詞叫〈三姝媚〉：「春夢人間須斷，但怪得當年，夢緣能短？繡屋秦箏，傍海棠偏愛，夜深開宴。舞歇歌沉，花未減，紅顏先變。佇久河橋欲去，斜陽淚滿……」

哦，他原來是這樣好，爲什麼自己早沒有注意到，而讓他的心屬於了別人。而且，那別人還是自己身邊一個微不足道的小婢女?!

恪純無法忍受這樣的羞辱，於是毒打香兒，甚至令她飲鴆自盡。

吳應熊爲了保護自己心愛的女人，迫不得已，將公主軟禁，溫存勸誡，希望她可以放香兒一馬，不要與婢女計較。本來嘛，香兒只是陪嫁，格格的附屬品，就像那塊龍紋玉璧一樣，位列豐厚的嫁妝之一，額駙取用，亦在情理之中，有何不妥。

格格在軟禁生涯中，初嘗人間雲雨，漸漸心動。

可是就在這時候，目光短淺的香兒不知天高地厚，生怕格格脫禁後再行加害，竟然自恃得到額駙歡心，一不做二不休，私下命小校將其縊死。以爲這樣就可以斬草除根，從此取公主而代之。

那小校懼禍不敢，陽奉陰違，表面上答應照做，私下裏卻將格格偷偷放出，並助她逃回皇宮。

皇上這些年因爲三藩勢力越來越大，早已視爲心頭大患，要伺機除掉，只苦於師出無名。這下得到藉口，立刻發兵前來，包圍額駙府，百餘口老小，盡皆捆綁。

吳應熊到了這時候才知道香兒所爲，但已死到臨頭，束手無策。同時他也明白，這是早晚的事，即使沒有香兒，皇上也會找到別的藉口殺他。

香兒，不過是一枚走錯的棋子，盲目過河，惹起殺身之禍。

吳應熊和格格，也都是棋子，早自他們成親的那一天起，他們的命運就已經註定了。一個是人質，一個是火藥，隨時引爆，結果都是同歸於盡。

下棋的人，是愛新覺羅與吳三桂。

早自孝莊皇后賜婚那一刻，已經預知這樣的結局，所以，她指定了恪純，那個先王寵妃的孤女。

可是無知的香兒卻以爲這一切全是因爲自己膽大妄爲所造成，這個雖然聰明有心計卻沒有見過多少世面的小宮女，終於知道強權的厲害，悔恨交加，竟然拔劍自刎，死在吳應熊的懷中。

至死，仍然認爲自己落得這樣的收場，只是因爲身爲婢女，所以才會敗給格格。她握著額駙的那柄鏽劍，對天盟誓：如有來生，定要與恪純再決生死，絕不再輸給她的身分。

吳應熊拔出劍來，那柄鈍劍，終於第一次飲血，自己至愛親人的血！

血一滴滴自劍刃淌下來，他倒提著它，走出內院，站在三軍之前，也站在正得意洋洋耀武揚威的十四格格面前。

來將宣詔，吳應熊秘謀弒主，賊膽包天，當滿門抄斬，誅滅九族。

吳應熊擲劍於地，仰天長嘯。

身為吳三桂之子，十四格格之夫，命運早已不由自己安排，他死得不冤。恨只恨，白白做了一回男兒，竟要因為閨閣之私床笫之爭而獲罪。俗話說，「文死諫、武死戰」，而他，死於豔情。這，才冤枉，才屈辱，才不平！

恪純呆住了，同香兒一樣，這時候她才明白事情並不像自己想的那麼簡單，不是殺了一個婢女就可以解決問題，同時死的，原來還有自己至愛的夫婿。不，這不是她的初衷，她不想的，她原本只是要回來教訓花心的丈夫一下，讓他重新正視自己至高無上的格格身分，然後，再命他當著自己的面親手殺死香兒，為自己洩憤。她沒有想到連他也要殺！她不想！她不要！她不許！

她擋在丈夫面前替他求情，怒斥來將，你是不是看錯了？皇上怎麼會讓你殺額駙呢？你回去吧，這裏有我做主得了。

然而，皇上早已密令大將如有反抗，可將吳應熊就地正法，絕對不留活口。兵已就位，箭在弦上。宣詔大將面如玄鐵，揮動生死大旗：「放箭！」

恪純絕望了，不顧一切，飛身上前替丈夫擋了一箭，只晚香兒半個時辰也死在吳應熊的懷中。珠搖翠落，紅顏慘澹，滿心的悔滿腹的恨都說不盡了，她緊緊攥住丈夫胸前的玉璧，用力拉斷彩繩，泣血發誓：「我絕不放過香兒，是她害我夫妻分離，是她……」

她眼睜睜地看著丈夫，無限依戀，無限恩愛，有生以來，從沒有像這一刻這樣坦白自己的感情：「應熊，我後悔沒有好好地待你……」猛一用力，親手拔出胸前的羽箭，鮮血狂噴而出，染紅玉璧，最後從齒間迸出一句「太遲了！」便無力地垂下了頭，一雙鳳眼，猶自圓睜不瞑。

恪純死了，香兒死了，吳應熊，也奉旨裹玉自焚，可是，那麼多未償的心願，那麼深的纏綿，那麼不甘的仇恨，怎麼肯就此甘休，隨土風化？

於是，他們三個人尋盡一切機會再歷紅塵，再起爭端，生生世世，恩怨糾纏，至今未休。而長達半個世紀，牽連數千成萬人的一場浩劫——歷史上著名的三藩之戰，也由此爆發了……

「現在你明白了？」

故事講完，清朝男鬼吳應熊的眼中流下兩行淚來。

我張口結舌，歎爲奇觀，這才知道原來鬼也有眼淚。我盯著那兩滴淚的去向，眼睜睜看它們落入土中，可是毫無痕跡，也許是回到黃泉了吧。

我歎一口氣：「像長篇電視連續劇，真令人難以置信。」

「事實永遠比虛構的故事好聽。」

「在人們的概念中，鬼就是最大的虛構了。」

「這是你們人類的見識有限。」

「不要攻擊人類，別忘記你也是人死後變的，不可以攻擊自己的出身。」我忽然想起一事，「別的鬼呢？」

「什麼？」

「別的鬼如何同他的後身交流？他們又不懂借玉還魂，豈不是很寂寞？」

「做鬼本來就是相當寂寞的一個行當嘛，這也選擇不來。」他很自矜，「人有貴賤，鬼有高低，自然規律。」

「其實我覺得你同宋詞真是天生一對，都一樣驕傲自大，不明白爲什麼會處不好。」

「那是因爲到了她面前，我就驕傲不起來嘛。你知道，在我們那個時代，娶了格格做老婆，是要三叩九拜的。就是平時夫妻見面，只要是公眾場合，我也得給她跪下。你想想看，整天跪著跟老婆說話，那感情還好得起來嗎？」

「是很難。」我深覺同情，「的確很難正常發展感情。」

「我看姓蘇的那小子也不是壞人，和宋詞也沒過得久，大概境遇同我差不多。」他談到自己的「情敵」，竟然毫無醋意，反而惺惺相惜似的。

我微笑，這可比今世的男人大度多了。嗯，我不介意他做我的前身，也不算丟臉了，到底是個王爺。

終於瞭解到所有前塵，我也就心頭澄明。難怪隨著我們的相遇會發生這麼多事情，原來一切都是因爲三百年前的一場舊恨。

吳應熊又說：「其實，這三百年間，你們已經不只一次轉世，每一次遇到了，都鬥來鬥去。沒辦法，恪純出生時適逢明軍大敗，傷亡眾多，怨氣充溢天地，使她稟賦戾氣而生，多災多難；而她死的時候，又充滿怨恨，冤魂不散，每每轉世，都要引起災難。除非你們可以化敵為友，將這份戾氣完全消除，才能真正平息恩怨，那將不僅僅是你們三個，更是社會的福音。」

「社會的福音？這概念未免太大了。」我有些啼笑皆非，「我只是一個小人物，不會影響到整個社會吧？」

「不要笑。」男鬼吳應熊正色說，「要知道，世間再大的災難，也不過是個人的所為，起因往往只是一件小事，或者一個不起眼的小小角色。中國著名的蘆溝橋事變，引發八年抗戰，日軍的藉口也只是尋找一個失蹤的小兵；拿破崙棄劍投降的對象，是曾被他辜負的初戀情人；比爾·蓋茨一個人造出了一整個微軟世界，連巫師的能力也無法企及；還有……」

「天哪，你的知識還真豐富。」我更加笑起來，「怎麼你說話像外國傳教士？」

「大家頭上頂著的都是同一片天，外國的上帝和中國的玉皇本來就是同一個人的不同化身而已。」他頗有科學意識，真是個文明鬼。

我發現自己越來越喜歡他。「那麼我們前幾次轉世的情形是怎麼樣的？」

「翻天覆地，搗亂生事嘍。哪，就像現在，秦歸田已經被犧牲掉了，宋詞和元歌也捲進麻煩中。如果你們不能聯合起來，化敵為友，死的人會更多。這還都不算什麼，最怕是因小及大，最終像香兒和恪純那樣，到底因爲兩個人的恩怨引起全民族的戰爭，那樣罪孽可就大了。」

「那麼，爲什麼前幾世你又不肯出來幫助自己的後身把麻煩擺平呢？」

「我也想啊，可是沒辦法同後身通靈。」他無辜地攤一攤手，「好容易今世玉璧出土，而又輾轉流離落到你手中，這才終於借玉還魂，同你相會。」

「原來，這塊璧玉是你的陪葬品。這樣看來，倒要感謝那個盜墓人，是他讓你重見天日的。」

「其實，在這以前，我也多次試圖與你溝通……」

「我知道，我夢見過你。」我現在全明白了，原來一切都是註定的，「真沒想到我的前身會是一個男人。」

「我想，這大概是因爲上天有好生之德，不想你們三個再因爲鬧三角戀愛而引起紛爭吧？」他像外國人那樣聳一聳肩，忽然彎下腰，從石縫間採下一枝不知名的小花，順手插在我的頭髮上，稱讚說：「沒想到我的後身這樣美麗。」

我忽然臉紅起來。

鬼王爺莫名其妙地歎了一口氣。

我又一次驚訝了：「鬼也會歎氣？」

他又不滿起來：「你怎麼大驚小怪地？鬼是人變的，也會有七情六欲，會歎氣流淚有什麼了不起？」

這時我想起一個重要的問題：「如果說我和宋詞元歌的前世是認識的，那麼，那麼張楚呢？我和他有緣嗎？」

鬼一拍手：「哪，我就知道你要問這個，所以才歎氣，你到底還是問了。說起來更是冤孽，你和張楚，根本就是一個人。」

「什麼？」這回答太出乎意料了，我再一次震驚得完全失去了思想。

# 十五　張楚是我的另一半

上天將張楚和你分別稟賦了陰陽兩性重新投生，
然後再借玉結緣，安排你與宋詞、元歌相識，
由於你們三個都是女人，比較容易化敵為友，
可是百密一疏，卻沒有想到你會愛上你自己……

鬼王爺吳應熊說，每個人都是一個完整的陰陽結合體，只不過是分占的比例不同而已。由於我裹玉自焚，擁有可以與天地抗衡的能力，且稟賦太多的仇恨和怨氣投生，只要我存在於天地之間，宋詞和元歌的魂魄也就將會隨我而投胎，生生世世，爭鬥不息。

所以，我的每次投生，上天都會派神秘力量將我追殺，希望可以將我扼殺於襁褓之間，以期阻止悲劇的發生。有幾次他們做到了，於是換得一世的平安；可是他們不能阻止我重新投胎，於是又一輪的追殺開始，有幾次失手，便任我攪得天昏地暗，引發一場又一場的災難。

然而那究竟是些什麼災難，吳應熊卻沒有告訴我，只是，他眼中顯露出那樣慘切的哀憫，讓我已經清楚地感覺到我的悲劇命運給世界帶來的困擾，超乎我想像的強大。而最悲哀的，是這一切並不是我本心所願，所以也就不是我所能阻止，就像吳應熊生而為天下第一大漢奸之子也並不是他的選擇一樣，他的後世同樣不能選擇自己的命運，身不由己地一次又一次成為違心的罪魁禍首，背負千古罪名而不能自救。

由於天賦異稟，雖然我並無惡意，可是只要我動情，無論是憤怒，傷心，怨恨或戀愛，只要情動於衷，就會生成強大力量，改變宇宙間的平衡，於是就會有人莫名死亡，受到殃及。換言之，只要我出現，災難便會不期而至。徹底消彌災難的唯一辦法，便是將我消滅。這才是解決宋詞元歌恩怨的最根本的方法，也是上天丟卒保帥的唯一選擇。宋詞元歌因我而生隙，如果將我消滅，她們的恩仇自然就解開了。然而裹玉自焚的我，借著玉的能力聚集天地精華，擁有著不自知的強大力量，可以與天地同壽，不是說消失就可以消失的，上帝即使可以制止我這一生，也阻止不了我下一世，所謂不虞之隙，防不勝防。

於是，上天採取了另一種方法，雖然不能將我消滅，卻可以使我削弱，正像清帝削藩一樣，將我一分爲二，化爲陰陽兩性，再逐漸消磨我的能力，直到徹底根除。但是前提是，這兩個我一定不可以再走在一起，否則，所有的努力都將付諸東流。

吳應熊說：「上天將張楚和你分別稟賦了陰陽兩性重新投生，然後再借玉結緣，安排你與宋詞元歌相識，由於你們三個都是女人，比較容易化敵爲友，仇恨的力量便不會那麼強大；可是百密一疏，卻沒有想到你會愛上你自己，也就是你陽性的另一半。這真是又一場孽緣。」

我徹底投降了，原來世上真有另一半之說。很小的時候，我就聽說過，人原來是完整的，力量很強大，所以上帝將人一分爲二。而每個人從出生那一天起，就在尋找自己的另一半，可是大多數人都找不到，所以，也就只有聽從上天的擺佈，無力與之抗衡。

但是，我竟然有幸找到了，我的另一半，是張楚；張楚的另一半，是我。試問，我又怎能不愛上自己呢？可是，我們雖然找到了彼此，卻已經失去了結合的時機。我們註定在此世分開，而且生生世世，將不再完整。這，真是比永不相遇更加可怕的悲劇！

我問吳應熊：「如果，如果我不理會上帝的安排，會怎麼樣呢？如果我一定要跟隨張楚，重新與他合二爲一，會怎麼樣？」

「那樣，就連上帝也拿你們無可奈何。兩個相愛的人的力量是偉大的，如果你們堅持自己的感情，那麼天也不能奪其愛。可是，只要你繼續存在，換言之，就是我繼續存在，那麼建寧和香兒的仇恨也就繼續存在，是非爭端也就繼續存在。也就仍然會有人受到殃及，這一次，死的只是一個小小的秦歸田，下一次，就不知會發生什麼樣更大的災難了。」

他的潛台詞是：我只不過愛上張楚，已經死了個秦歸田作爲警告；如果我偏要和張楚生死相戀，執子之手與子偕老，那麼，很可能就會再引起一場三藩之戰，或者更大的戰爭。

「可是，如果我今世離開張楚，也許就會永遠錯過。那麼，到了下一世，也許我和張楚又會被再次分解，成爲四個人，八個人，直至無數個，而我的力量將不斷削弱，直到成爲一個沒有任何超能力的平凡人，最終被上帝輕而易舉地消滅掉，是這樣的嗎？」

「是的。」吳應熊重重頷首。

我驚訝：「也就是說，你明知道天意是要消滅你我，你還要合作？」

吳應熊深深凝視我，帶著那樣的無奈和一種認命的安詳：「如果換了是你，你怎麼選？」

我語塞。是呀，如果我的存在有干天和，影響了全世界的和平，我也只有自我消亡這一條路。全世界的和平，天哪！

「你一定聽過白蛇傳的故事吧？」吳應熊深深歎息，「這就像青白雙蛇與許仙的故事一樣，白蛇水漫金山，不過是想忠於自己的愛情，卻因此釀成水災，貽害百姓；法海度許仙出家，幾次三番與白蛇鬥法，以及塔收白蛇，並不是因爲白蛇有什麼過錯，而是爲了給世人消災。人蛇相戀是有悖天理的，這同樣是一種改變宇宙秩序的行爲，是種冤孽。世人同情白蛇，都祝福她和許仙能夠破鏡重圓，並因此怨恨法海。可是，他們有沒有想過，如果真的放白蛇出塔，那麼再來一次天災人禍，他們該怎麼辦？」

我呆住。白蛇傳的故事不知聽過多少次，看過多少個版本，卻還從沒有從這個角度考慮過。可是，也曾經有過猜疑：法海雖然是一個得道高僧，卻也畢竟是人不是神，有什麼理由其法力會比三百年道行的蛇精還厲害呢？現在，我終於知道答案，也許，白娘子伏塔根本是一種心甘情願的選擇而並非被迫，她爲了和法海鬥力而水漫金山，卻又因身懷六甲而無力收水，致使鎮江府百戶人家盡埋水底，死於非命。這樣的結局，也是她所不願看到的吧？如果她早知道自己的愛將帶來這樣大的災難，也許她也寧可從沒有來過人世，寧可守住青燈古佛於塔下孤獨百年。當個人情愛與天意違和，又怎能有第二種選擇？

「那麼，我現在應該怎麼辦？」我悲哀地問：「需要我自殺嗎？」

「沒有用。」吳應熊更加悲哀地苦笑，「你忘了我們是可以無限次重新投胎的嗎？自殺只可以讓災難延期，卻不可以停止。所以，你要做的，是兩件事：第一，立即和張楚分開，連見面也不可以，更不能讓你們的感情增進，否則後果不堪設想；第二，設法令宋詞和元歌成爲朋友。」

「我一直在努力這樣做，可是她們倆現在……」我想起宋詞元歌的處境，低下頭來。

「我知道。」吳應熊了然地安慰，「只要你努力，她們很快就會沒事的。因爲，她們擁有你這樣一個好朋友。」

咦，這句話好熟悉，誰說過的？「她們一定會成爲朋友，因爲，她們有你這樣一個共同的難得的朋友。」是的，是張楚。

我再次歎息，當然，他也是吳應熊的轉世，自然會說一樣的話。至此，我已經清楚地知道，我和張楚，再也不可能走在一起。真沒有想到，我們的愛會因爲這樣的理由而結束，遇上他，愛上他，離開他，這，是我的命！

我流下淚來：「也就是說，我和張楚的愛情，註定是錯的，是一場天災？」

第二天一早，我跑到街上去替元歌選購幾套換洗衣裳和日常用具。不需要多強的分析能力也可以猜到，連背景顯赫的宋詞都不願意出事讓父母知道，元歌更不會這樣做，因爲徒增煩惱，於事無補。

大包小包地趕到警察局，門口處遇上蘇君，見到我，立刻說：「律師剛才來過了。」

「是嗎？那宋詞是不是可以馬上走了？」

「不可以。」蘇君搖頭，滿臉失望落寞可以結成厚厚一層灰痂，「雖然警方同意宋詞患帕金森氏症，可是認爲這不能證明人就不是她殺的。因爲發病率並非百分之百，不排除在此之前她服過藥物例如鎭靜劑之類，在清醒狀態下將人殺死。換言之，這更說明她可能是有計劃有預謀地殺人，所以現場才找不到她任何指紋或足印。」

「什麼？」我呆了，「那現在怎麼辦？」

「律師說，如果不能證明她們兩個沒有殺人，就必須想辦法證明第三個人殺人，換言之，找出真正兇手，她們自然會釋放。」

「這不是廢話嗎？」我不禁洩氣。

「不過也有一點點好消息，當初宋詞受嫌疑，主要原因有三個：第一，她因爲升職問題，和秦歸田一直有過節，是競爭對手，所以有殺人動機；第二，有殺人的時間，而且錄影表明她離開大廈時提著一隻巨型手袋，有竊玉嫌疑；第三，她曾經預言，秦歸田有一天會被長統襪和避孕套悶死。而秦歸田是被絲襪勒死，所以懷疑殺人者是女人。」說到這裏，蘇君略停一停，似乎猶豫了一下，才又接著說下去，「但是現在，員警已經查明套在死者頭上的絲襪和保險套，都歸死者所有。」

「什麼？」

蘇君臉上現出羞赧之色，似覺難以啓齒，但終於還是說出來：「死者有收藏女性用品的嗜好。」

「變態狂！」我頓覺噁心。

「還有，宋詞那天晚上帶走的那只大包也已交上來，裏面裝的不過是新購置的攝影機，放到包裏後，鼓出來的形狀與『王朝』大廳的錄影一模一樣，證明她沒有攜帶贓物出逃。」

我略略放鬆，問：「那麼，我們下一步該怎麼做？」

「就像他們說的，想辦法證明第三個人殺人。」蘇君擰著眉，沉著地說：「也許我們都走入了誤區，把注意力全部放在宋詞和元歌身上，反而忽略重要細節，放真兇漏網。」

「你是說，我們應該協助警方破案？」我愣愣地，「該從哪裏入手呢？」

「第一步，必須找『王朝』的人再做瞭解，看看有沒有新線索。」他提議，「也許大廈裏那天晚上其實不止宋詞元歌兩個人，保安呢？其他員工呢？還有，是誰第一個發現屍體，那個人有沒有嫌疑？大廈有沒有別的通道可以上八樓？除了宋詞和元歌，還有哪些人知道那天晚上玉飾會放在經理室？那些模特兒們有沒有嫌疑？」

「沒錯。」我轉身，「我這就去找『王朝』董事長。」

這時候他注意到我手中的包裹：「這是什麼？」

我想起來：「差點忘了，這是拿來給元歌的換洗衣裳。」

「算了，給我吧，你自己不一定送得進去。」他自嘲地笑一笑，「這點小事我還可以找到人情通融。」

「那麼有勞你。」我把東西交給他。

他已經準備走了，又忽然回身問：「這是否便叫做雪中送炭？」

我溫柔地答：「現今的炭已經沒有過去那樣珍貴，不過是舉手之勞。」

其實給朋友送一包衣服並沒什麼，肯捐棄前嫌為已經離異的妻子奔走才真正偉大。

我再一次肯定這姓蘇的是個好人。要勸勸宋詞珍惜他。

想到宋詞，不禁一陣心酸。還想勸她重婚呢，也不知道她還有沒有機會重獲自由。

頭頂上，大太陽火辣辣地照下來，前面白花花一片，完全看不清路。我在街頭站了很久很久，終於歎一口氣，向王朝走去。

再到「王朝」，只覺陰森可怖，望向哪裏都好像影影綽綽看到一堆暗紅的血。

何敬之聽到通報，很快迎了出來，雙手對搓著，因為不習慣笑，臉上肌肉全扭曲起來：「唐小姐，什麼事要勞你親自跑來？其實，打個電話就是了。或者……」又趕緊按鈴叫小妹上茶，問：「唐小姐喜歡喝什麼？茶還是咖啡？台灣人是不是喜歡喝綠茶的？」

「隨便好了，就是上次的碧螺春吧。」我坐下來，「我來是想問一下案子的事。」

「那件事不會對玉飾展有影響的，這我可以向您保證。」談到生意經，他說話流利多了：「我剛和貴公司北京辦事處的李先生通過電話，聽說台灣補的貨已經到了是嗎？我已經安排了人手接替宋詞和元歌，隨時都可以召開記者招待會發佈消息。其實，這次的事雖然給你們帶來很多麻煩，但也不一定是壞事，因為炒了新聞，大家對拍賣會反而更有興趣。」

我有些不悅，這裏出了人命案，還有兩個無辜的人仍被審訊，他卻說這不是壞事？真不知他的腦子是怎麼想的，我猜剖開來，大腦溝回的形狀一定全是美元符號。

「何董，我不是爲玉飾展的事來的。」我說。

他立刻又結巴起來：「那，唐小姐今天來的目的是……」

「我想請教何董，案發那天晚上，大廈裏真的就只有秦經理和宋詞元歌三個人嗎？難道王朝夜裏沒人巡邏？」

「你是說保安？那不可能。那天晚上是阿清值勤，他是秦歸田親自招聘的人，對秦經理一直畢恭畢敬，感激不盡，絕對不可能是他。」

我想到阿清一臉的憨厚溫順，也覺不可能，看來這條線又斷了。

「那麼，是誰第一個發現屍體的？」

「就是小妹嘍。哪，她來了，你自己問她好了。」

我接過小妹手中的碧螺春，儘量把態度放得溫和：「小妹，你還認得我嗎？」

「我認得，你是那位好心的唐小姐。」小妹露出甜甜笑容，可是仍然遮不住她臉色的蒼白，大概是睡眠不足的緣故，她眼圈烏青，皮膚微微浮腫，病得不輕的樣子。

「你能告訴我那天發現八樓出事的經過嗎？」

提起那可怕往事，小妹有點顫抖，但仍能口齒清晰地敘述：「那天早晨，我和往常一樣到八樓打掃，一推開經理辦公室的門，就看到秦經理躺在地上，一灘血……我嚇壞了，大叫起來，阿清跑上來，看了一眼，就說要趕緊報警。然後，員警就來了。」

「那天早晨你是第一個來大廈的人嗎？」

「是，我每天都第一個來。」

「阿清開門放你進來？」

「不是，那天晚上我就住在樓下倉庫裏。」

我一愣，難道——「你那天也在大廈裏？」

「在地下室。不過我睡得很死，完全聽不到八樓的動靜。看到秦經理，已經是早晨六點多鐘了。」

「你常常住在樓裏不回家嗎？」

「有時候是這樣，地下室比我宿舍條件好多了，我下晚班的時候就會住在倉庫不走。」

我仔細地盯著她的臉，看不出任何異樣來。不，不會是她，這小妹所有的喜怒哀樂都寫在臉上，如果是她殺人，根本沒有可能掩蓋得這樣乾淨。

看看再也問不出什麼來，我只得起身告辭。

何董還在說：「玉飾展的事兒……」

「和我公司同事談吧。」我不耐煩，「和『王朝』聯繫的一直是李培亮，你們就還找他好了，我沒時間。」說罷抽身便走。

我知道何董在背後會罵我什麼：紈褲子弟，不務正業。

可是我真的覺得，這世界上還有比賺錢更重要的事情，那就是朋友。

站在「王朝」樓下，我再看一眼那輝煌的建築，這裏在幾天前曾經發生過兇殺案，有一個活生生的人被殺死了，還有兩個活生生的人蒙冤莫白，兩壁相框裏的每個名女人都是凶案的見證，可是她們不說話，所有的痕跡都抹煞，看不到一點真相的影子。而大廈的外面，鉻金玻璃依然鮮亮耀眼，在大太陽下光怪陸離，毫無陰影。

真相在這裏被湮沒掉了，每個人撲來忙去，就只顧著一個錢字。錢、錢、錢！錢真的比人的命還重要嗎？

取車的時候我看到阿清，他正躲在車叢後面同小妹嘀嘀咕咕，兩個人都神色驚惶，滿臉焦慮。

爲免瓜田李下之嫌，我故意加重腳步，又輕輕咳嗽一聲。

阿清回頭看到我，趕緊走過來拉車門，態度中有明顯的尷尬。

我輕輕問：「有需要我幫忙的地方嗎？」

「沒有。」他立即答，可是隨後眼光一閃，手按在把手上猶豫不動。

我知道對待這個淳樸的青年是需要多一點耐心和鼓勵的，於是放低聲音，溫和地說：

「如果有我可以幫忙的地方，儘管找我。」

「唐小姐，你人真好。」他終於開口說，「你可不可以……借我一點錢？」

又是錢。然而此錢非彼錢，且這句話早在我意料之中，聞言立刻取出皮包。「多少？」

「大概……五百塊吧。」他遲疑，似乎覺得這數字太大了。

我笑一笑，點出五張百元鈔票放在他手上，自己拉門開車離去。後視鏡裏，還一直可以看到阿清愣愣地握著那幾張鈔票，滿眼感恩，凝視我的車慢慢開走。

無論他要錢是爲了什麼，我知道他是真正需要。而且，五百元對他和對我的意義是不一樣的。可以幫到人是一件賞心樂事，我鬱悶的心情稍稍舒暢。

車子剛剛開出，手機響起來，是李培亮。

「唐詩，『王朝』何董來電話，說你忙得沒時間過問玉飾展的事？」

「他沒說錯。」我悻悻，趁機推脫責任，「小李，這個CASE一直是你跟的，很清楚，就負責到底吧。」

「這麼大的事……」他遲疑，但是很快地說，「你是在忙元歌的事是嗎？我支持你。」

「小李，謝謝你。」我掛掉電話，忽然想起，他剛才說「你是在忙元歌的事吧」，他只提到元歌，卻沒有提宋詞，這和宋詞前夫蘇君每每提起這件案子必然把兩個人相提並論的作風剛好相反，然而蘇君是有心，小李卻是無意，這有心和無意，卻都代表了有情。

這時候手機再次響起，我看也不看號碼便接聽：「小李，我正想問你……」

「唐詩，是我。張楚。」

# 十六　讓我對我的愛說再見

他終於答應了我，他終於接受了我，他終於承諾了我。

然而，我卻對他說：我們分手！

天，這是怎樣的殘忍？怎樣的荒謬？怎樣的痛入心肺？

只想做個普通人，可以自由去愛！

在那間「老故事」咖啡店，我終於再次見到張楚。

一見面，我們的雙手就緊緊握在了一起，彼此貪婪地注視著，只是兩天沒見，卻像隔了整整一個世紀，思念得發狂。

他以看得見的速度消瘦著，眼窩深陷下去，可是眼中的光亮，卻那麼熾熱如火，帶著不顧一切的痛楚與熱烈，好像要把自己和我一起燃燒。

「唐詩，我已經決定了。」他說，「和我妻子離婚！」

「不！」我驚呼起來。

他搖搖頭，用眼神阻止我，堅定地表白：「我知道你是善良的，不想傷害任何人。可是事情走到這一步，已經註定會有人受傷害，我妻子沒有錯，她不該爲此傷心，可是同樣地，她也不該受到蒙蔽，她也是一個受過高等教育的女子，也是當事人之一，有權力知道真相。我必須把一切擺在她面前，並接受她的懲罰。當初，我向她求婚是因爲愛她而不是其他，現在，我遇到你，愛上你，無可推諉，無可辯解，是我變心。既然已經變了心，卻還要維持一份表面上的道德和忠誠，一味隱瞞塞責，對她，是不忠，對你，是不義！唐詩，我不能再繼續對不起你們兩個，也不能再讓我的內疚來折磨你，一再向你表白我的痛苦是一種自私，只會給你帶來雙倍的痛苦，我沒有權力這樣做，卻有責任必須結束這一切，及早給你一個答案，給你一份永恆……」

「不，張楚，我不需要任何答案。」我哭著，握著他的手，心如刀割。他怎麼可以這樣好，這樣好！我所想的一切他都知道，不推卸，不矯做，一力擔當，磊落地面對自己的感情，負起應盡的責任。

我再一次知道，今生今世，我不可能再愛上第二個人如愛他一樣，他是我生命的一部分，是我用全身心所追求維護的感情。他是我的心，是我的血肉，是我自己的另一半！

我想起《咆嘯山莊》裏凱薩琳對希拉克里夫的愛的表白：「除了自己之外，還有，或者應該有，另一個自己存在。如果我是完完全全都在這兒，那麼創造我又有什麼用處呢？在這個世界上，我的最大的悲痛就是希拉克里夫的悲痛，而且我們從一開始就注意並且互相感受到了。在我的生活中，他是我最強的思念，如果別的一切都毀滅，而他還留下來，我就能繼續活下去；如果別的一切都留下來，而他卻給消滅了，這個世界對於我就將成爲一個極陌生的地方，我不會再是它的一部分。我就是希拉克里夫，他永遠永遠地在我心裏，並不是作爲一種樂趣，卻是作爲我自己本身而存在。所以，不要說什麼讓我們分離，那是做不到的……」

可是現在，我和我的希拉克里夫卻要分離了。離開他，我將不再完整，會比剜除我的心我的血肉更使我疼痛，可是，讓我如何擁有他？

望著他，望著他，我柔腸寸斷，而淚如雨下，卻不得不狠下心絕望地說出：「張楚，我們分手吧！」

「張楚，我們分手！」

我從沒有想過這句話會由我說出。自從第一眼看到張楚，我今生最大的願望就是可以擁有他，並永遠和他在一起。執子之手，與子偕老。我甚至可以不求任何名份沒有任何條件地跟隨他，只要他在繁忙之餘，讓眼光偶爾在我身上留連。

可是，今天，他卻說他要離婚，他要給我一個名份，他要同我在一起，永永遠遠！他終於答應了我，他終於接受了我，他終於承諾了我。然而，我卻對他說：我們分手！

天，這是怎樣的殘忍？怎樣的荒謬？怎樣的痛入心肺？

我哭著，語無倫次地，將那個發生在三百五十年前的老故事合盤托出。

哦，那可真是一個老故事。

在我的敘述中，張楚的表情不斷地變幻著，由驚訝，愕然，震撼，而至慘痛，悲憫，感慨，無奈，最後，呈現出一種心灰意冷的死寂。

我講得很亂，很艱難，口才比鬼王爺吳應熊差一千倍，可他還是聽明白了，而且，信了。

畢竟，他也是吳應熊的一部分，是另一半轉世。我們之間，始終有靈犀相通。

沉默，比死亡更沉重的沉默。

足足沉默了有一支煙的工夫，終於，張楚輕輕地用耳語一樣的聲音歎息：「這麼說，我們只得分手了？」

然後，他站起來，跨進一步，猛地將我緊緊地摟在懷裏，用盡全身的力氣，彷彿要將我揉進他的身體裏去。我覺得自己的骨頭都要碎了，可是忍住了不出聲。天知道我多麼渴望這樣的擁抱，多麼渴望碎裂，毀滅，將你我兩個，都來打破，用水調和。我和他，本來就是一體的呀！

教堂舉行婚禮時，新郎新娘會對神父發一個誓：「我將跟隨他，無論貧窮與疾病，不離不棄。」

對我和張楚而言，無論貧窮，疾病，都不足以將我們分開，甚至道德與良心的重壓，我們也寧可背負，情願抱在一起下地獄。可是，現在要分開我們的，不是疾病也不是道德，而是命，是命！

元歌說過，我美貌，青春，富有，受上帝寵愛，她不知道，擁有得再多，沒有了張楚，我也只是一個無愛的軀殼，最貧窮的失竊者。不，我並不是上帝的寵兒，而恰恰相反，卻是上帝全力追殺的那個不祥之人！

我失去張楚，失去我自己，來換得世界的和平。真不敢相信自己有這樣的偉大，我只是一個微不足道的小女子，如何竟肩負起拯救全人類的責任來了。

「只想做個普通人」，是哪個名女人的感慨？一直覺得她們矯情，言不由衷。但是此刻，這卻是我最強烈的願望。

只想做個普通人，可以自由去愛！

手機在這個時候銳響起來。這一回，是蘇君：「唐小姐，你可不可以到醫院來一趟？」

「什麼？誰住進醫院？」我兀自沉浸在痛苦中，一時不明所以。

「是宋詞。她舊病復發，在審訊中暈倒，一直昏迷不醒。」

我驀地驚醒，手上忽地滲出汗來：「在哪家醫院？我就來。」

吳應熊警告過我，不可以再見張楚，只要我們見面，只要我情動於衷，就會有人受傷害。可是，我給忘記了，見張楚的心太熾太切，當我們緊緊相擁，我早已忘記全世界的存在，更忘了宋詞和元歌。是我的忘情令宋詞受罪，我太自私，太不應該了！

張楚拉住我：「我同你一起去。」

「不要。」我望著他，心中灰痛到極點，「張楚，你還沒有明白嗎？我們不能再見面了。如果再見面，宋詞就沒命了……」

他呆住。我在他眼中看到清楚的愛與疼痛。

愛，愛得這樣荒涼。

如果世界上真有公平交易這件事，我願以自己所有的一切來交換張楚的愛情。

然而，我們的前身吳應熊說：如果我們相愛，將會給人類帶來難以估計的災難，戰爭或者瘟疫，那時，死的人將數以萬計，遠遠超過三百年前的三藩之戰。

全人類的災難！這樣的大帽子壓下來，我已經沒有任何理由抗拒，便是死一千次也唯有束手認命。

是的，認命。

我同張楚，只得分開，這是我們的命！

最後一次凝望，望進永恆！

哦張楚，張楚，讓我怎捨得將眼光從你臉上移開？他來的時候，眼中有火在燃燒，只是片刻，卻已燒成了灰。

我拭一把淚，毅然轉身。這一別，大概從此相見無期了。可是，我又怎能再貪戀溫柔？

去醫院的路上，我一直祈禱著：宋詞，你可千萬不要出事呀。如果你有什麼意外，我這輩子都不會原諒自己。我答應你，同張楚分手，再也不見他，永遠不見他。只是，你一定要醒過來，一定要活過來呀！

趕到醫院才知道，警察根本不許探視。

蘇君苦苦哀求，又到處托人，才勉強得到隔著玻璃窗遙望的特許。他立即將整個身子都趴到玻璃上去，恨不得就此穿牆過壁，與宋詞化為一體。

我走過去，將一隻手搭在他肩上：「別擔心，宋詞會沒事的。」

「以前真不該那樣對她。」蘇君忽然哭泣，「宋詞一生很少開心。如果她就這樣去了，叫我，怎麼能原諒自己……」

我掩住臉。他說出了我心中的話，我們，都辜負了宋詞。如果宋詞有事，我也絕不會原諒自己。

等。永遠也沒有盡頭的等。

忽然明白過來為什麼會有人一夜白頭。原來等待是這樣焦灼而絕望的一件事。

我幾乎可以看得清蘇君的鬍鬚滋長的速度，為了安慰他，不得不找些話來說：「這樣相愛，為什麼還會分開？」

那麼簡單的問題，可是他明顯困惑：「為什麼？竟連我也不知道。」

「是因為性格不合？」我再問。天下夫妻離婚一百對裏有九十九對會這樣說，哪怕這並不是最關鍵的一條，也至少是數十條理由中之一條。

「算是吧。」蘇君擰著眉，整理一下思路，「也許應該這樣說，是雙方都太注意發揚自己的個性，而不肯遷就對方所致。」

這是一個君子，不肯隨便菲薄自己的前頭人。但是我已經猜到事情真相，正像吳應熊說的那樣，是宋詞的傲慢傷害了正常的夫妻交流，使一段原本應該很美好的感情得不到順利發展。

「如果宋詞醒來，你會同她重歸於好嗎？」

「我不知道，如果能和好，當初就不必分開了。」

「但是當初大家都還年輕，經過這麼多事，也許性格會成熟許多，不再為耍個性而傷害自己。」我這樣說，與其說是勸慰，不如說是祝福。

蘇君忽然抬起頭來凝視我：「唐小姐，我一直有種感覺，你好像比我們每個人都更瞭解我們自己。看你的年齡比我們還小，為什麼說話做事如此成熟睿智？」

「這是因為我是王爺轉世，表面年輕，其實已有三百年道行。」

蘇君苦笑，不再搭腔。

我知道他當我是在說笑，也不去更正他。換了是我，有人突然跑過來說他是玉皇大帝下凡，我也會當他是瘋的。

我們不再說話，靜靜等待宋詞醒來。

隔著層玻璃，躺在病床上的宋詞顯得特別瘦小，完全看不到平日的張揚跋扈，此刻的她，蒼白而無助，讓人只想像隻貓兒一樣把她摟進懷裏呵護溫存。

可是等她醒來以後呢？等她醒來，蘇君是否還會對她像此刻這般疼惜？我知道有些大男人是專喜歡等女人落難時才肯來表現男子氣概的，否則便不足以體現男人自尊似的。蘇君可是這種人？

這時候病床上的宋詞動了一動，醫生護士齊齊長出一口氣，其中一位還特地轉過身來，對著玻璃窗做一個「V」字。

我和蘇君忍不住緊緊擁抱，誰說警察沒有人情味兒？他們完全知道我們在窗外的感受。

蘇君的眼淚又流下來，絲毫不覺難爲情，只是一遍遍說：「我會對她好的，我會對她更好一些！」

我深覺安慰，受到一次磨折，可是得回一位深情夫婿，宋詞不冤！

可是，什麼時候才能拆除隔離這對深情人的玻璃窗呢？

蘇君走到一角去盡情流淚，我也攀著走廊的窗戶深吸一口新鮮空氣。樓下林蔭路上，有一對老夫妻互相攙扶著在散步，看他們的步態，全然分不出誰是病人誰是陪護。老到那樣的年紀還那樣依戀，大概早已勘破紅塵奧秘，知道自己時間無多，所以才要抓緊最後的每分每秒緊緊相伴。

能夠這樣珍重地對待自己的人生與愛情，也必然可以合理地安排自己的離去與死亡吧？他們的沉著平和，會將生命的意外降至最低，一定不會犯年輕人因爲衝動而犯惹火燒身的錯誤。

在此之前，我一直以爲生命短暫而脆弱，故而不肯珍惜，故而冷漠爲人，故而看破紅塵，故而遊戲人生。然而吳應熊使我知道，時間再無垠也有其聯繫，生命再短促也有其延伸，人不僅爲這一時這一處負責，更還要爲所有的時間與空間，爲整個的世界和宇宙負責，故而必須認真，故而必得真誠，故而必當正義，故而必要執著。

宋詞的意外，便是上帝給我的又一次示警吧？只爲我和張楚又一次相愛。

上一次，是秦歸田的死；這一次，是宋詞；下一次，又會是誰呢？

不，不會有下一次了，絕不會有下一次了。老天爺，我答應你，我會離開張楚，永遠不再見他，我答應你，你聽到嗎？

我閉上眼睛，盡情地流下淚來，卻並不完全是爲了宋詞。

再睜開眼時，樓下林蔭路上的主角已經換了一對年輕人，身影十分熟悉。我仔細地辨認，發現是「王朝」的保安阿清和茶水小妹。在王朝和他們分別還沒有半天時間，這麼快，又在這裏遇上了？

只見他們兩個走在甬道上，小妹似乎很虛弱，舉步維艱，阿清吃力地扶著她，不住示意讓她伏到自己背上去，小妹不肯，羞紅了臉百般掙扎。

我想起他們上午跟我借錢的情形，約略猜到發生了什麼，忙向蘇君打一個招呼，急急趕到樓下去，假裝無意中遇上的樣子，笑著說：「是你們？來醫院看病？要不要搭我順風車？」

阿清看到我，臉上忽然脹紅，囁嚅地說：「唐小姐，是你。」

「一天碰到兩次，也算有緣了，來吧，我送你們一程。」

我本來以爲他們會要我送他們回宿舍，可是小妹居然說去「王朝」。我驚訝：「你還要上班？不需要休息？」

「就是想回大廈地下室休息。那裏條件比宿舍好得多。」同一天裏，她已經是第二次這樣說。

我惻然，乾脆幫人幫到底：「不如這樣，我送你去賓館吧，反正房間裏兩張床，只有我一個人住，再說，也可以幫忙照顧你。」

小妹大驚：「那怎麼可以？」

「有什麼不可以？互相幫忙嘛。你不是也幫我倒過茶？」

「那不一樣。」

「有什麼不一樣？」我不由分說發動車子，因爲自覺罪孽深重，特別希望有機會做出補償，故急於助人爲樂，「如果你覺得過意不去，等身體養好了，幫我洗洗衣裳吧。我最怕洗衣裳，尤其是那些真絲，又不能用洗衣粉，真不知道該怎麼辦，全要送到乾洗店，可是又怕被洗壞了。」

「那個我知道，真絲要用洗髮精洗才不會皺。」小妹羞澀地笑了，「我還會做飯。」

「那多好！等你病好了，我就有口福了。」

可是到了酒店門口，小妹又遲疑起來：「唐小姐，還是不要了，好貴的。」

我只得使出最笨的辦法說服她：「沒關係，你知道，我包了這房間，一個人住是那麼多錢，兩個人住也是那麼多錢，這段日子，我一直一個人住在這裏，其實很吃虧的。」

「是這樣啊。」小妹動搖起來。

我趁熱打鐵：「就是啊，你來了，還可以陪我說話聊天，我不知多高興呢。你知道，我是第一次來北京，誰也不認識，每天悶在賓館裏，都快不會說話了，巴不得有人可以陪我呢。」

好說歹說，終於勸動她跟我上樓。整個過程，阿清一直默默跟在後面，可是他看著小妹時那專注關切的眼神勝過千言萬語。

直到小妹睡熟了，他仍然緊緊握著她的手，眼珠兒不錯地盯著她，許久，眼圈漸漸紅了，可是大眼睛眨呀眨的，不肯叫眼淚掉下來。

短短數小時內，我已經是第三次看到大男人哭泣。今天是什麼日子？好像天下男人忽然間都成了情種。可是只有我，卻不得不在今天立下重誓，從此告別真情。

# 十七 拍賣會

宋詞驚訝地說：「我沒有想到，你真的會拋下整個拍賣會，趕來看我。」

「可能，這是因為我特別敗家子吧。」我笑著自嘲。

「不，你對金錢不在乎，是你更加注重對感情和心靈境界的追求。」

我看著她，在這一刻，我們之間有著最徹底的瞭解。

投標會那天，我還是去了，坐在主席台上權充擺設。

玉飾展已經閉幕，模特兒的表現很出色，爲宣傳出力不少。因此來參加投標的人擠滿會場，投標人一次次舉起標牌，錯落有致，最宏觀時，可以有整排人同時舉牌。

拍賣師十分興奮，因爲每次成交都意味著他又得到百分之十的紅利。所以他看起來要比我開心得多。

也好，有別人緊張賣力，我樂得輕鬆，放任心猿意馬雲遊四海，東瞻西顧。

這時候正在拍賣的是一隻玉鷹。

拍賣師背熟功課，口若懸河：「這枚玉鷹，我們有理由認爲它是商代古玉。稀世珍寶。同《紅樓夢》裏的賈寶玉相反，它是一塊絕對的『真寶玉』……」

台下有笑聲響起。

拍賣師得了鼓勵，更加起勁：「商代人認爲，鷹即祖先，對鷹極爲崇拜。《詩經》中說：『天命玄鳥，降而生商』，就是說商是鳥的後裔。這塊玉，青黑如墨，觸手生溫，有金石之聲，油脂之潤，也許，正是《詩經》裏說的那隻『玄鳥』……」

笑聲更響了。

有人開始舉牌，起價三十萬，很快叫至兩百三十萬，牌子猶有高舉不落之勢。

拍賣師的聲音近乎變調，叫出新價目時完全控制不住音量。

但是不會有人認爲他失態。從來都是這樣，天大地大，錢的聲音最大。

也不是沒有普通點的玉器，都擺在外廳的展台，新疆的和闐玉，陝西的藍田玉，河南的獨山玉，遼寧的岫岩玉，還有緬甸、老坑等地產的新玉飾品都有，價格在幾百元至幾千元不等，雕工和質地也都上乘，但是價值當然不能與古玉相比。

凡是玩玉的人都知道，古玉留傳在人間的數量只會越來越少，而且年代越久遠的就越稀有，現在雖然可能覺得買得貴了，但是只要眼光準，頂得住，將來一定會增值。這，就是令大量的藏玉人勇往直前毫不怯價的主要原因了。說穿了，還是一個錢字。

李培亮坐在我旁邊，十分興奮，不住說：「唐老闆聽到這消息一定很開心。這次拍賣會，哪怕單是為了賣這隻鷹也值了。唐詩，你猜誰會最終得勝？」

「誰錢多誰勝。」我說了一句廢話。

李培亮笑：「不愧是大小姐，視金錢如糞土，完全不計得失。」

我意識到自己的態度太過不在乎，難免給人拿大牌之感，趕緊補救：「一切只因為有你主持大局。你說呢？你認為誰會得勝？」

「我說是左排二號那位，那是個左撇子，通常左撇子做事特別固執。」

「是嗎？怎麼我沒注意到？」

「你看他舉牌子的樣子，多突兀！人家都是右手表決，只有他，是左手舉牌。」

左撇子？我又想起宋詞。宋詞也是左撇子。如果她坐在這裏，也一定是左手舉牌，好像一排樹中量錯尺寸裁偏一棵……

咦，等一等！電光石火間，我似乎想到什麼，可是一下子牽扯不清。左撇子，左撇子和這案子有什麼關係呢？

「唐詩，你去哪裏？」身後傳來小李驚愕的聲音。

我顧不上交代，只丟下一句：「我出去打個電話。」匆匆跑出會場。

左撇子！我明白了！一直以來，我忽視一個關鍵，只想到宋詞患帕金森氏症無力殺人，卻沒想到她同時還是一個左撇子！

電話打給蘇君。

「蘇先生，宋詞是左撇子！」

「唐小姐，是你？」蘇君的聲音充滿喜悅，我一聽即知道宋詞已經甦醒。「唐詩，我看到報紙，今天是你的大日子，祝你成功。」

「宋詞是左撇子！左撇子！」我翻來覆去，只會說這一句。

「是，我知道宋詞是左撇子，那又怎麼樣？」

「姓秦的是被人從腦後用酒瓶子先砸昏，再用絲襪勒死的。可是宋詞是左撇子……」

蘇君立刻明白了：「你的意思是，如果是宋詞殺人，一定是左手握酒瓶，那麼傷口一定在死者左腦；如果傷處在右腦，則可以證明不是宋詞幹的。」

「是呀！是呀！」

「對，我怎麼沒想到？我們立刻去警察局。」

「不，你守著宋詞，我去。」
「不，我跟律師去比較好，你來看宋詞。」
宋詞躺在病床上，已經換了便服，還薄薄施了一層脂粉，與前兩天判若兩人。看到我，立刻說：「唐詩，這段日子，多謝你。」
「應該的。」我握住她雙手，辛酸得幾乎落淚。
「唐詩，能交到你這樣一個好朋友，真讓我覺得痛快，連蘇某都對我刮目相看，想重新發掘我優點。」
我笑：「他是真關心你。同他相比，我做的其實不算什麼。」
宋詞仍然感慨：「患難見真情。」
「其實關心你的人很多。還有，想不想見見爸爸媽媽？」
「不，不要。怕丟臉。」
「哦，不是因爲怕他們擔心嗎？」
「他們才不會擔心。如果我父親出面，三兩下手勢，一定可以脫我罪名。可是他會因爲我給他帶來這樣多不便深感厭惡。」
我忽覺不是滋味。原來自己苦心孤詣，所做的一切都只是虛幌。宋詞心中早有主張，賭定案子遲早會水落石出，還她清白。即使不，也會在最後關頭使出殺手鐗，搬老爸出來救駕。我做不做，其實都無足輕重，不會影響大局。而我還以爲自己客串包青天，救她於水深火熱。

「唐詩，謝謝你。」宋詞再次說。

我咧一咧嘴，知道她這麼說也不過是感於情面。「怎麼會突然昏倒的？」

「悶，氣，急，就昏了。一切都不用想，多好！」宋詞歎息，「在裏面，我都想過長眠不醒。」

「別胡說。」

「真的，不用替生命負責最輕鬆，反正也沒有幾個人關心我。」

「你忘了自己是怎麼來到這個世界上的？還有，你當我和蘇君是透明？」我真心生氣，這個宋詞有時真是討厭，埃塞俄比亞不知多少饑民掙扎在死亡線上，每日靠一片麵包一杯水維生，她錦衣玉食應有盡有卻偏偏厭世，真是活得不耐煩了。

「聽著，如果你自己不珍惜生命，我不會勸你自重。沒有人可以替別人的生命負責，除了你自己。」說到這裏我幾乎聲嚴厲色。

宋詞驚訝：「唐詩，你態度惡劣。」

「太多人看你臉色行事了，稍受挫折就抱怨頹廢，憑什麼要人尊重你？難怪蘇君那樣好的男人會離開你，實在你這個性也不配得到上天最好賞賜。」

「喂，你不瞭解內情不要亂說話好不好？」宋詞不高興了，大聲抗議，「你知不知道當初提出離婚的人是他耶！」

「那你有沒有想一想他為什麼要離婚？還不是因為你這副天下無人唯我獨尊的臭脾氣！別人為你做什麼都是應該，稍微怠慢一點就罪大惡極。全世界只有你的貢獻最偉大，只有你的遭遇最可憐，只有你的心情最重要，憑什麼？你有沒有替別人想過？你給過別人多少關心？連自己的父母都不信任，你還會信誰？」

我越罵越起勁，這兩天積了太多怨氣無處發洩，反正宋詞已經康復，正好讓我罵兩句洩氣，也算為這兩天的焦頭爛額找回一點補來。

宋詞被我罵得頭昏腦脹，瞪大了眼睛不知道應對，滿臉都是委屈意外。

我自覺過分，正不知如何轉圜，手機響了，是李培亮向我報告拍賣成績，問我：「你跑到哪裏去了？急著向你報告好消息，還指望你請大家吃一頓呢。」

我歉然：「你替我好好慰勞大家，帳由公司出，告訴大家，改天我再請一次，還有，本月獎金雙倍。」

小李打個呼哨。

我接著說：「小李，我也有好消息要告訴你，宋詞大約可以沒事了。」

小李一愣：「你在宋詞那裏？」接著感慨，「唐詩，我沒想到你真的把別人的事看得比自己重。」

我反而詫異：「這可不是一般的事啊。有關一個人的清白。當然比拍賣會重要。」

「唐詩，同你相比，我覺得慚愧。」

這樣的吹捧，真讓我承受不起，趕緊把馬屁拍回去：「小李，要不是有你大力幫忙，我也沒那麼空閒可以兼顧其他，說起來，全虧了你。」

我說的是真心話，畢竟，物質是生活的基礎，對於一個在拍賣會上可以一次賺入上千萬的人來說，高談精神價值其實是沒有什麼實在意義的，因爲物質過於豐富了，自然有理由甚至有責任道義爲先。但是如果我處在高高在上的位置上要求每一位朋友都這樣做，那麼我會失去他們，就像，當年的宋詞，最終失去身邊每一個人。

宋詞聽清我說的每一句話，驚訝地說：「唐詩，我不知道今天是拍賣會……真對不起。」她似乎頗爲震盪，「我沒有想到，你真的會拋下整個拍賣會，趕來看我。」

「可能，這是因爲我特別敗家子吧。」我笑著自嘲。

「不是，我看得出來，你對金錢不在乎，不是因爲不缺，而是你更加注重對感情和心靈境界的追求。」

我看著她，在這一刻，我們之間有著最徹底的瞭解。

友誼的溫馨重新回到我們中間。我問她：「出院後，想沒想過和蘇君重新開始？」

宋詞低下頭：「我不知道。」

我大力說項：「這段日子，他很關心你，爲你到處奔波。」

「我看得出，他憔悴很多。但是……我們兩個，不是一個男人和一個女人那樣簡單。」

「我不明白。」

「我們的關係，是某某人的女兒同某某人的兒子。」宋詞深深歎息。「我不會一直像今天這樣楚楚可憐。」

這次我明白了她的意思。這也正是我所擔心的，擔心蘇君對她的短暫疼惜只是因為同情，一旦她恢復官家小姐的身分，他即時又為大男人自尊所縛累，重新做回威武不能屈富貴不能淫的冷面小生。

宋詞幽幽地說：「人們一直誤會我離婚是因為不肯遷就。其實，不是我不忍他，是他不忍我。想起來，結婚那三個月全不像真的，我們一見鍾情，可是新婚當天就發現自己選擇錯誤。所有來道賀的親友都恭喜他小登科，娶得官家之女。他覺得傷了自尊，整晚鬱鬱不樂，遷怒於我，態度十分冷淡。我更生氣，諷刺他缺乏自信，不像男人。我們吵了三個月，最終只得分手。」

我想起吳應熊。他與恪純的新婚之夜也不歡而散。莫非，這真是命中註定？

「原來你並不喜歡做官小姐。」

「誰會喜歡？」宋詞臉上忽然現出深深寂寞，「從小到大，我一直努力讀書，門門功課拿滿分，可是仍然不能讓人在誇讚我的同時不提到我老爸，老師們對人介紹我時，總是說『哪，這就是聰明的宋詞，她的父親是某某某。』於是人家就露出釋然的笑容，說『原來這樣，真是虎父無犬子』。他們不明白，我考試得第一和我是誰的女兒並沒有關係。」

「是，千萬富翁的兒子往往憊懶。」我表示贊成，「其實你做你自己已經很優秀。」

「可是優秀又怎樣？大學畢業後，我一直想憑我自己的能力有所表現。可是不行，整個北京就是一個關係網絡，沒有後台，找一份合心意的工作難比登天。我到處應聘，碰得頭破血流，所有有可能性的單位一見我都會問，你的社會關係怎麼樣，有什麼把握替公司爭取客戶？既然反正都要問關係，不如簡單從事，由我老爸出面，安排我到『王朝』任製作部經理。我痛恨這種連帶關係，可是又喜歡這份工作，猶猶豫豫，一拖就拖了這麼多年，一直活在我爸爸的傘蔭下，那是一種庇護也是一種陰影。這次我出事，一直不想通知爸爸，就是因爲爸爸已經爲我做了太多，我不想再聽到他那付『你看，沒有我你什麼都不行』的腔調。」

我這才明白，原來她繞了這半天，還是爲了我罵她不肯體會父母心思，在轉著圈兒向我解釋。這讓我反而過意不去起來：「剛才是我態度不好，你別放在心上。」

「不，你說得很好，長這麼大，還沒有人這麼罵過我呢。」宋詞莞爾，「你剛才的樣子可真凶。」

我立刻說：「是我錯，我向你道歉。」

「得啦。咱們兩個一直這樣你好謝謝對不起，算什麼？相敬如賓？」

我微微一震，「相敬如賓」，這是專指夫妻間的情形，雖然她只是隨口一句玩笑，卻未必沒有玄機。

宋詞忽然想起一事：「對了，說這半天話，忘了告訴你一件怪事：今天上午，有個怪客來看我。」

「怪客？是外星人還是鐘樓怪人加西摩多？」我心怦怦跳，莫不是吳應熊？他大白天也有本事來找前妻敘舊？

宋詞說：「哪裏是加西摩多，那男人不知多英俊，彬彬有禮的，他說是你的朋友，特意來看看我有什麼需要他幫忙的，喂，怎麼我從沒聽你說過有這樣一位漂亮朋友？」

原來是他，張楚！他雖然沒有辦法再同我直接聯絡，卻仍然關注我以及我的朋友。不過，也不只是我的朋友吧？他也是吳應熊的轉世，而且是陽性的那一半，也可以說，是宋詞的半個丈夫。

我忽然覺得醋意。

## 十八　你我的故事三百五十年前

宋詞久久不能還神，半晌問：「你從何處得來那樣可怕的故事？」

「宋詞，」我握住她的手，「你不覺得這故事與我們很有關連嗎？」

「你的意思是說，我就是那公主，而元歌是那婢女？」

「聰明。」

宋詞搖搖我的手：「發什麼呆呢？那位張先生說，他和你的故事，你自己會告訴我的。他和你有什麼故事，很精彩嗎？」

我定一定神，在她床頭坐下來：「宋詞，先不要問我和他的故事，先說說我和你的故事。你要認真聽，不許笑。」

「我和你有什麼故事？」她還是笑了，「又訓人又說故事，你要改行做幼稚園老師？」

我板著臉，與她約法三章：「我有條件，在我講的過程中，你不可以打斷我。」

「行啦。」她莊重一下表情，做洗耳恭聽狀。

我清清喉嚨，從頭講起：「皇太極有一位十四格格，她刁蠻任性，目無下塵……」

「喂喂，你想借古諷今？」宋詞抗議。

「不是說好了不要打岔的嗎？」

「好，你說。」

「她十三歲那年，許嫁平西王之子吳應熊，婚後，完全不懂溫柔，把老公當下人那樣支使，處處表現出我是公主，我在下嫁，我委屈那樣的情緒……」

「喂喂……」

我不理她，繼續說：「但是她不明白，其實內心深處，她很喜歡自己的駙馬，畢竟，他是她生命中第一個男人。只是她過於自愛而不懂得愛人，認爲他既然娶到了天下第一美女，至高無上的格格，就應該給予十二分的溫柔。她沒有得到預期的關愛，覺得傷心，失望，愈來愈焦燥，只有用加倍的蠻不講理和惹事生非來引起他注意……」

宋詞漸漸低下頭去。

「做丈夫的忍受不了她的驕橫，與她日益生疏，終於移情別戀，愛上她陪嫁的婢女。十四格格十分傷心，到這時候她才知道，其實自己愛丈夫至深，她懷念他那溫暖的懷抱，渴望花朝月夕可以與他執手相擁，如果可以得到他的心，她會不惜以自己的心去交換，但是這一切已經爲時太晚，他的心已經不屬於她，他的目光不再爲她留連……」

宋詞開始流淚。

「格格由愛生恨，想盡辦法折磨那個婢女，也折磨丈夫和她自己。可是這只有使她的丈夫更遠離她。要知道，一個心中有恨的女子是不會美麗的，她已經因爲嫉妒而發狂，甚至決意殺死那個婢女來維護自己獨一無二的地位……」

宋詞「啊」地輕輕驚叫一聲。

「她以爲這僅僅是一場女人之間的戰爭，僅僅是愛與恨的糾纏，卻沒想到由此引發了一場三藩之戰，不，那已經不是戰爭，而是屠殺，三藩旗下死傷無數，不僅他們三個人同時罹難，更有成千上萬的人受到牽連，因爲他們而死，血流成河……」

故事講完，宋詞久久不能還神，半晌問：「你從何處得來那樣可怕的故事？」

「宋詞，」我握住她的手，「你不覺得這故事與我們很有關連嗎？」

「你的意思是說，我就是那公主，而元歌是那婢女？」

「聰明。」

「你是小王爺吳應熊？」

「全中！」

「那麼張先生……」

「也是吳應熊，是我的另一半，我和他來自同一個前身。」

「水仙花情結。」

我一愣：「什麼？」

「在古希臘神話中，水仙原是男神。」宋詞笑睨著我，「他相貌俊秀，美麗非凡，天上所有的女神都愛慕他，可是他卻誰也看不上。直到一天在溪邊玩耍時，無意中看到水中自己的影子，竟然瘋狂戀愛，投水自盡，化為水仙花。」

「你說我愛上自己的影子？」我惘然地望著她，「不，他不是我的影子。他比我好多了，那麼優秀，那麼可愛，他怎麼會是我的影子呢？」

「唐詩，你真是在戀愛？」宋詞詫異，「你愛得這麼苦，你說的都是真的？」

「我也希望這一切不是真的。」我歎息，「宋詞，你如果不信，我還可以給你講一下這塊雲龍璧的故事。」

「雲龍璧？」宋詞動搖起來，「可是我仍然不能相信，前世今生？這是童話故事裏才有的橋段。」

「你信不信都好，最重要的是，你必須同元歌講和，化敵為友。我們三個，一代一代，糾纏不休，天翻地覆，始終不能化解彼此的恩怨，到今世，已是最後一次機會。」

宋詞十分震盪，喃喃著：「太荒謬了，真讓人難以置信。」

我瞭解她的感受，是誰都無法在片刻間接受這樣的故事。我拍拍她的手：「好好休息，我明天再來看你。」

告別宋詞，我在路邊買好晚餐回賓館，接待處遇到阿清，正呆呆地坐在大廳裏等。

我驚訝：「你來看小妹？怎麼不上去？」

「他們不允許。」阿清指一指服務小姐。

我質問小姐：「為何這樣待我的客人？」

「他真是你朋友？」小姐瞪大眼睛，似不相信我會有這樣的訪客。不能說他們以貌取人，這根本就是一個包裝的世界。

我省下和小姐理論的那一口氣，引阿清上樓來到房間。

小妹已經起來了，正在拖地，忙得滿頭是汗，臉色蒼白。我大驚，趕緊搶下拖把：「你這是幹什麼？」

「不好意思在你這裏白吃白住，想多做點事。」小妹羞澀地擦汗。

我覺得心酸，又使出老辦法：「服務員會做的，我們已經付過打掃費，白叫他們賺一筆。」

「是這樣？」小妹立刻坐下來，接著向空氣中嗅一嗅，「好香啊。」

我打開食盒：「買給你的。」

「唐小姐，這……」

「吃吧，你是病人，需要增強營養和多多休息。」

「唐小姐，我長這麼大，你是第一個對我這麼疼惜的人。」小妹的眼圈兒又紅了，「我娘對我都沒有這麼好。我真不知該怎麼報答你。」

「說過啦，等你身體養好了，替我洗乾淨所有的真絲衣裳，還有，幫我做一頓家鄉飯。」我露出嚮往的表情，「東北鄉下的風味小吃，呀，想一想都饞！」

小妹被我逗笑起來。

「唐小姐，你是好人。」阿清忽然這樣說，「我會報答你。」

我笑一笑，施比受有福，雖說他的報答無非是替我多做一頓飯多洗幾件衣裳，但是這真誠的感激仍然讓我覺得心暖。

小妹吃過東西，很快睡著了。

阿清並沒有馬上告辭，他似乎有很多話要講，可是悶了半天，卻仍然只說出一句：

「唐小姐，謝謝你。」

「舉手之勞，不要提了。」我笑一笑，「還有什麼我可以幫忙的？」

「沒有，很好了，手術很成功。」

我點點頭，既然他已經明講了，我也就不妨直問：「幾個月了？」

「三個月。」他臉上脹紅起來。

我吃了一驚，難怪反應這樣強烈，這種手術，弄不好是有生命危險的。「爲什麼不早一點做？」

「不知道嘛。」他抬起頭，呆呆地看著我，「我們兩個都是農村來的，月月工資都寄回家裏，通常有點不舒服，都是捱一捱就過去了，沒想到會有這麼大的事。」

「其實如果你早一點告訴我，也許就不必做這個手術了。」我歎息，那是一條生命，而且已經來到人間三個月之久，就這樣流失了。

「不！」阿清表情忽轉強硬，「我們不要這個孩子！」

「這是你們兩個的孩子呀。」我有些不高興，「既然這樣反對要孩子，又爲什麼會讓這種事發生？」

阿清不再說話，可是耳根下忽然現出小小肉坑。

我吃驚，是什麼讓一個男人這樣咬牙切齒，彷彿和那個沒能出世的孩子有著深仇大恨似的。仇恨，又是仇恨，我忽然暗暗擔憂。

阿清走後，我拿了一本《玉石錄》消遣，正看到崑崙「玉石之路」一節，燈泡「撲」一下滅了。

我拿起電話想通知櫃台，可是轉念想到他們上來未免會打攪小妹休息，便決定自己動手修理。一轉身，差點撞到人——哦不，是差點撞到鬼——吳應熊又來了！

「這不該是小姐做的事，我來幫你。」他溫文地說。

「你會修？」我失笑：「清朝有燈泡嗎？」

「這段日子我在人間出出進進，大抵也學會怎麼做現代男人了。」

「但是我想像不出在明亮燈光下與一隻鬼相對，算了，還是就黑聊天吧。」

「喂喂！」他抗議，「我是你的前身，可不可以對我尊重點？你稱呼人的時候可不是論『隻』的。」

「好好好，一位鬼。你是一位鬼行了吧？但是，鬼大人，爲何你總是纏著我？」

「咦，我不是說得很明白了嗎？我是你的前身。」

「那也畢竟是隻鬼呀，總這樣神出鬼沒的，嚇壞人。」

「對不起，我沒想過這個，我以爲你會當我是你自己。」

「謝了，我才沒那麼恐怖。」

「我的樣子很恐怖嗎？」他站到鏡前擺POSE，可是鏡子裏一無所見。

他終於洩氣了，「鬼到底是鬼。」

我反而不忍心：「已經比別的鬼好多了，可以同自己的後世有說有笑。」

「真的，都是玉的功勞。」他拿起我放在床頭的書看一眼，感慨說，「開採崑崙玉的工作，早自秦漢時代已經開始了，『玉石之路』比『絲綢之路』還要早兩千年，可是到了今天，也沒有真正搭設一條玉石之路出來，還是靠人力背駝。」

「就是。」談到玉，我和他有說不完的話題，而且觀點完全一致，「我爸爸親自去過崑崙山拜訪採玉人，他說玉礦最高處可以達到海拔四、五千米，每年只有七、八兩個月可以進山，雪還沒有完全化淨。海尼拉克礦和阿拉瑪斯礦沒有可以走的路，採玉人都是靠繩子垂吊上下山，克里雅河上也沒有橋，要靠空中鋼絲橫渡。採玉人背負五十公斤的玉石走上五天才可以出山，然後再換上驢馱三天，這才能走到可以將玉石脫手的村鎮。所以爸爸每次購進和闐玉，總是不肯太和人還價，就是覺得那已經不是玉，簡直就是一個個採玉人的命。」

「你爸爸很善良。」他誇讚，又回頭看一眼鄰床的小妹，「所以，你也很善良。」

「相信你也是。」我送回一頂高帽，「你說過我就是你、你就是我。」

噫，這話有點肉麻，尤其是對著一個男人這樣說話。雖說他是我自己的前身，可是畢竟乾坤大挪移，如今已男女有別。這可算自戀的又一種解釋？

他與我心意相通，立刻察覺出我之不安，揮揮手說：「別太介意，都是自己人。」

嘿，我們可不就是百分之二百的「自己人」？

「你幫助小妹這件事做得很好，說不定會對案件有幫助。」

「可這是兩回事。」

「世上所有的事都有因果聯繫，一啄一報，莫不前定。」

「老調重彈。」我糗他。

他板起臉：「你就是我，怎麼可以笑我？」

「沒聽過『自嘲』這回事麼？」

「算你有理。」

我向他報告案情進展：「宋詞現在已經沒事了，但是元歌現在還在裏面，找不到證據可以洗清。」

「會有辦法的。」

「你一直說會有辦法，可是辦法在哪裏呢？」

「在你呀。」

「我？」

「是啊。我不是說過嗎，你要想辦法消除你們三個人之間的怨氣，只有言歸於好，才能化險爲夷。」

「可是……」

這時候小妹忽然呻吟哭泣，大聲叫：「秦經理，饒了我！饒了我吧！」聲音淒苦至極，充滿恐懼。

我急忙趨近身去，伸手將她推醒：「醒醒，做什麼夢了？」

小妹迷茫地睜開眼睛，滿臉淚痕，驚惶不已，口中猶自叫著：「秦經理，不要！不要！求求你饒了我吧！」

「小妹，醒醒！」我用力搖她，「沒有秦經理，你在做夢，醒來！醒來了沒有？」

這一回，她完全醒了，可是仍然驚魂未定，看清是我，一把抱住「哇」地痛哭起來：「唐小姐，我夢到秦經理他……」

「夢到案發現場是不是？別怕別怕，那只是夢呀。」我抱住她的肩安慰她，「不是已經醒了嗎？沒事的。要不，我們聊聊天好不好？」

「不！不！」小妹拚命地搖著頭，口齒不清地哀哀懇求我，「唐小姐，我不能說，不能說的，你別問了好不好？」

我束手無策，回頭再找吳鬼，已經不見。

# 十九　夢囈

三隻酒杯輕輕碰撞在一起。

唐詩、宋詞、元曲，三種永不能融和的文體，合奏了一支祝酒歌。

我望向冥冥之間，心底長長吁出一口氣。

「吳應熊，你的一妻一妾如今終於和睦相處，執手言歡。」

第二天早起，小妹發了高燒，囈語不止，不停地喊著秦歸田的名字，聲音裏充滿恐懼。

我不敢耽擱，立刻送她進醫院，然後通知阿清隨後趕來。

等待診斷結果時，接到老爸電話：「丫頭，跑到哪裏了，都不打電話回來？」

聽到鄉音我無比親切：「爸爸，拍賣會很成功。」

「小李都已經跟我說了。女兒，幹得好！」

「好說，將來都是我的嫁妝。」我笑，同時心裏寂寞地想，還嫁妝呢，這世上哪裏還有可嫁的人。

老爸呵呵笑：「那麼，你明天該收隊了吧？」

「明天？」我一愣。

「怎麼，樂不思歸了？」

「爸，我還有點私事，想晚幾天回去。」

「交到新朋友了是不是？」

「是。」但是不是他想像的那樣。

「年輕人，難得的。好，爸爸就多給你幾天假期，記得要玩得開心點。」

「謝謝爸爸。」

我知道爸爸一定是誤會了，這是一個美麗的誤會，然而……

就在這時，我忽然感到一陣莫名的窒息，驀地感覺到張楚的存在。他就在我左右，距離我很近的地方，彷彿有強烈磁場干擾，讓我清楚地感知他的氣息。

如被蠱惑，如受牽引，我不自覺地站起，聽憑心的指引一步步走向病房。

隔門聽到張楚的聲音時，才發覺那原來是婦科診室，他是陪他妻子來做第二次或者第三次檢查？

一道門隔著我和我的另一半，那種被斬斷的疼痛比任何時候都更加清晰絕裂。

我不敢推門進去，卻又不捨得就此離開。

張楚，張楚，當我站在你的門外念著你的名字淚流滿面，你可也知道我的存在？

不知道站了多久，又是手機讓我三魂歸位：「唐詩，我是宋詞，有件東西要給你看。」她略略躑躅，聲音裏有絲愧意，「也許我就該拿出來，可是鬼使神差，一開始瞞住了，後來就再也說不出口。」

我覺得好奇：「什麼東西說的這麼嚴重？」

「是有關……元歌的案子。」

我立刻自診療部趕向住院部。

甬道旁有朵零落的木棉，我隨手拾起撂在花圃裏，不忍心讓它再受世人的踐踏。即使一朵花謝了之後還有另一朵，但是這一個只是這一個，並不因爲萬物內在的必然聯繫而彼此混淆。

瞭解到自己的前生使我懂得更加珍惜現在，珍惜此刻的自己，以及自己擁有的一切短暫而永恆的緣。

只是，我和張楚，卻不是緣，是孽！

宋詞所謂的東西是一卷錄影帶。

蘇君也在，他今天把鬍子刮乾淨了，白襯衫打領帶，棕色西褲，看起來十分養眼，見到我，露出由衷的笑：「我來接宋詞回家。」

我對他向來有好感，恃著曾與他並肩做戰，以熟賣熟地調侃：「那你可要問過宋詞。」

偷眼看宋詞，嘿，巴辣女此刻溫順似小綿羊，臉頰飛紅，低著頭不說一句話。

我會意微笑，順水推舟，「那就有勞你了。」把朋友當貨物般移交，心下如釋負重。

「不忙，先看完這卷帶子。」他指指錄映機，已經調試好，只等我來一起觀看。

一片雪花之後，螢幕上出現了秦歸田和元歌。

我驚呼，那竟是案發當晚秦某同元歌爭執的全過程，上面且有準確的時間顯示。

背景是「王朝」七樓的走廊裏，秦經理追著元歌在糾纏，先是動口，繼而動手，元歌一味推諉，終於隱忍不住，揮起一掌摑在姓秦的臉上，轉身便走。

我看得忘情，忍不住喝彩：「打得好！」

錄影在這個時候戛然而止。

如醍醐灌頂，我驚喜地叫起來：「元歌是這樣子跑出去的，這時間正與保安記錄的元歌離開大廈時間吻合，也就是說，在元歌走的時候，姓秦的還活著。」

「沒錯。」宋詞低下頭，「所以這足以證明，元歌沒有殺人。」

「可是，你怎麼會有這東西？」

宋詞有些羞赧：「那天我在八樓影像室加班，正在試用新錄影機，聽到樓下有人爭執，出門一看，見是姓秦的和元歌拉拉扯扯，十分肉麻。一時好玩，就開動機器錄下全過程。後來出了事，只有我同元歌兩人最可疑，我想如果我出示這卷帶子，那麼案件就會集中在我一人身上，所以隱瞞。後來，就再也不好意思拿出來了。」

蘇君驚奇：「宋詞，你好像變了一個人。」

「這是因爲唐詩。」宋詞緊緊握住我雙手，「是你驅除我心中的惡魔，讓我知道，一個心中有恨的女子是不會美麗的。以前是我不好，太怨天尤人，自視清高，但是這件事讓我知道，出身並不重要，一個人高貴與否，看的是她的作爲，夠不夠光明正大。」

「說得好極了。」我擁抱宋詞，並同蘇君重重擊掌，「走。」

「你要去哪裏？」宋詞叫我。

「去警局。」我回頭看蘇君，他心意與我一致，已經在打電話通知律師。

嘿，宋詞這傢伙有桃花運，雖然九死一生，可是到底趁機得回如此佳婿。塞翁失馬，焉知非福？

宋詞追上：「我也去。」

「你還沒痊癒，別太勞累了。」我說，忽然想起一事託付她，「小妹還在隔壁打點滴，你能不能幫我去守著她？」

鐵證如山，元歌的保釋手續辦得非常順利。

有宋詞的例子在先，我擔心她在裏面待這麼久，或許會心理失衡，特意約了李培亮一起去接駕。

守在警局門口，本以為我們將要見到的是個形容憔悴神情呆板的落難女子，可是不，元歌小妮子穿著我買給她的名牌時裝，大搖大擺地走出來，妝容明豔，笑臉相迎，略瘦了點，可是更見窈窕動人，看到我們，嬌喝一聲：「培亮，你來接我？」張開雙臂，「嚶」一聲投進懷中。

小李冷不防暖玉溫香抱了滿懷，立刻激動起來，手足無措，呆半晌，終於想起電影中常見鏡頭，於是騰一隻手出來輕輕拍撫那受驚的美人，口裏還哄著：「沒事了，現在沒事了。」

我用手背擦擦鼻子，歎為觀止。這才是真正活色生香的女子，剛剛脫險已經忙著表演籠絡手段。

元歌到這時候好像才看到我，走過來伸出雙手說：「唐詩，謝謝你，我真想死你了。」

我以爲她要同我握手，剛剛迎上說一句「小意思」，卻已經被她緊緊抱住，倒被這份熱情弄得心酸起來，於是現學現賣，也彷彿李君那樣將一隻手拍著懷中可人兒的背，連聲說：「沒事了，都好了，沒事了。」

小李問：「是回家還是先大吃一頓？」

「回家！」元歌毫不猶豫地說，「我在裏面關了那麼多天，要趕緊除除穢氣。」

一張臨時支起的床，一隻舊冰箱緊挨著茶几，每次開冰箱門時要把茶几挪開，關了門再挪回去；一張舊書桌同時也是梳粧檯，上面擺滿各式高檔化妝品，單口紅就有十幾管，CD蘭蔻雅詩蘭黛都有，包裝嬌豔而華貴，主人幾日未歸，上面落滿灰塵，有種頹廢的美；一個木的洗臉架上面搭著毛巾，看清了，也是名牌；衣櫃是那種可折疊的簡易塑膠品，猜想裏面的內容也一定相當精彩。

這就是元歌的租屋。如果不是親眼看到，我絕對不會想到如此豔若桃花的一個天使是從這樣簡陋的地方打造出來的。

忍不住地覺得鼻酸，在這一刻，我原諒了她以往所表現出來的所有的勢利以及對金錢過於強烈的渴望。

元歌抱了浴巾去公共浴池除穢氣，小李興致勃勃地佈置餐桌，我顧自開了冰櫃取出紅酒斟了一杯，走到陽台上看風景。

樓下有孩子在打球，笑聲一陣陣傳上來。我忽然覺得寂寞。

蝕骨的寂寞。

我知道有一段故事在沒有開始的時候就要結束了，而另一段故事卻在尚未準備好的時候便要開始。

鏡花緣。

所有不能成真的綺夢都是鏡花緣。

可是我甚至連一朵鏡中的花兒也沒有。

元歌追到陽台上來，手裏也拿著一杯酒，晃呀晃的，如同她不安定的眼波蕩漾。

我問：「有話對我說？」

「有件事問你。」

「你問。」

「小李……」她看住我，妖媚地一笑，如狐，「可是你男朋友？」

我驚訝地看著她，她的眼睛亮閃閃的，亦如狐，一頭長髮濕淋淋地披在肩上，處處都像狐。

「元歌，」我慢吞吞地開口，「我以前跟你說過的……」

「說你愛上了一個望塵莫及的男人嘛……」元歌打斷我，更加狐媚地笑，「可那已經是過去的事情了，誰知道這段日子有沒有改變呢。」

樓下傳來喧嘩聲。

有個孩子射門成功了，有人在笑，有人在叫，聲音好像從很遠很遠的童年傳來。無憂無慮的童年。童年，有個男孩送給我一盞木燈籠，他說：「拉勾，上吊，一百年，不許要！」

一百年不許要，可是三百年呢？

宋詞和元歌，是我夢中的人，從小到大的伴侶，我們認識已經有整整三百五十年了。然而，三百五十年前，香兒不瞭解吳應熊，三百五十年後，元歌也無法瞭解我。

她還在絮絮：「你這樣落寞，一副失戀的樣子，不是爲了小李吧？」

我舉起杯一飲而盡：「其實，如果你看中了他，他是不是我男朋友，你都一樣會追的吧？」

「可是如果不是，我會更加心安理得些。」她回答，有種理直氣壯的誠實。

我失笑，給她一個肯定的答案：「不是。」

「很好。」她轉身欲走。

我叫住她：「再告訴你一個秘密。」給她一點鼓勵，「小李其實不是一般打工仔，他家裏，在琉璃廠有兩處鋪面，是個殷實之家。」

「真的？」元歌笑了，「真是意外之喜！」一甩長髮，一陣風樣地飄走了。

我沒有回頭，依然望著樓下的孩子出神，射門的英雄被他的同伴抬起來沿著小操場遊行，其餘的幾個在一旁呆呆看。勝負已分。

這也是緣份。

他們有踢一場球的緣，而我，有觀一場球的緣。

一切，都是註定的吧？

宋詞和蘇君，元歌與小李，我的出現，也許就是爲了成全他們。如今，她們各自找到自己的緣，我，也就功德圓滿，合當隱退。

剛剛想到宋詞，就聽到門鈴響，接著是元歌高八度的叫聲：「唐詩，你看誰來了?!」是宋詞，她和蘇君一同出現在元歌的面前。兩人許久不見，立即緊緊擁抱在一起，看到她們那親熱的場面，真令人難以置信不久之前她們還是不共戴天的敵人。

抱完了，又彼此慰問，互相交換受審感受，說個沒完沒了。元歌眉飛色舞地向我們描繪她每天受審時如何向警員拋媚眼，弄得那新來的小員警坐立不安，幾乎忘記做筆記，逗得我們哈哈大笑，一邊調侃小李：「元歌是把火，走到哪燒到哪，你可要看小心了。」

小李臉紅紅的，十分忸怩：「吃水果吧。」

茶几上果然已經擺滿了各式茶點，水果沙拉。元歌和宋詞兩個，笑嘻嘻地勾著手，大快朵頤。小李反客爲主，率先舉起杯來：「唐詩，整件事你居功至偉，敬你。」

「對，我們敬唐詩一杯。」

三隻血紅的酒杯輕輕碰撞在一起。唐詩、宋詞、元曲，三種永不能融和的文體，合奏了一支祝酒歌。

我望向冥冥之間，心底長長吁出一口氣，自己暗向自己講：「吳應熊，現在你該瞑目了，你的一妻一妾如今終於和睦相處，執手言歡，你老人家功不可沒，壽終正寢吧。」

「現在，開始開會。」宋詞說。

我一愣，元歌已經替我問出心中所想：「開會？開什麼會？案子不是已經結了嗎？」

「你是沒事了，可是不等於案子結了。」宋詞輪流地望著我和元歌，「我們懷疑，案子可能有了新的進展。」

# 二十　還玉

我們對視一眼，走過去，打開那口袋，發現是一堆玉飾。

——正是失竊的那些。

玉飾的表面，放著一張字條，上面歪歪斜斜地寫著：

「唐小姐，你是好人，我不能再連累你的朋友，我去自首了。」

宋詞轉向我，「昨天，你去警局，我去陪護小妹，見到一個人。」
「阿清？」
「不，不是阿清，是張楚。」
我的心立即停跳。張楚？哦，對了，昨天他也在醫院的，陪他太太做檢查，他們遇上了？
宋詞說：「我和張楚聊了幾句，決定一起去看小妹，她睡著，一直說夢話，聲音很恐怖，不住念著一個人的名字……」
「我知道，是秦歸田。」
我將小妹住在賓館裏每夜夢魘的情形說給大家。
宋詞點點頭，問：「那你有沒有想過她爲什麼會一直喊著秦烏龜的名字呢？」
「很簡單，她是第一個來到案發現場的人，看到秦歸田的屍體，受了驚嚇……」
「錯，她受到驚嚇不假，卻不是因爲見到死烏龜，而是因爲活的秦烏龜。」
「什麼意思？」我隱隱猜到了什麼，可是一時不敢斷定。
宋詞又問：「唐詩，你能不能告訴我，小妹在你處養病，養的是什麼病？」
「這個……」我猶豫，這是小妹隱私，可方便宣之於眾？
但是宋詞已經說出答案：「是墮胎對不對？你有沒有想過，她爲什麼要墮胎？是誰的孩子？」

「是阿清的。」我理所當然地回答。

「不，不是阿清的。一個男人和女人之間發生過某種親密關係後，連空氣都會變得曖昧。可是小妹和阿清在一起，還仍然生疏客氣得很。」

「那……」我忽然想起那天談及孩子時阿清臉上痛苦的表情，難怪他不要那個孩子，原來那並不是他的選擇。可是，小妹對阿清的癡情是有目共睹的，而且，她不像是一個放蕩的女孩，如果孩子不是阿清的，又會是誰的呢？難道……

沒等想清楚，元歌已經先叫出答案：「孩子是秦歸田的！」

我愣住，緊張地盯著宋詞，希望她否認。可是，她卻肯定地點點頭：「沒錯，這是唯一的可能性。所以小妹才會一而再地做噩夢，在夢中喊秦歸田的名字。」

「小妹和秦歸田，怎麼可能呢？她是那麼單純的一個女孩子，不可能跟秦歸田那個大色狼的。」

宋詞憐惜地看著我：「唐詩，你太單純了，只想到愛才會懷孕有子。卻想不到，這世上有一種人，邪惡如野獸，可以做出完全沒有人性的舉動。」

「你是說……」我被那殘酷的猜想嚇住了，「不！怎麼會這樣？」

宋詞的眼光更加憐惜：「張楚沒有猜錯，他說你連聽到妙玉的最終結局很可能是落入賈芹之手都受不了，一定更不能接受小妹曾被秦歸田侮辱的猜測。」

「但這是非常可能的。」元歌幫腔，「在公司的時候，我幾次都撞見秦烏龜調戲小妹，每次小妹給他送茶遞水，他都會趁機猥褻。那隻烏龜沒有做不出來的缺德事兒，他連我都想染指，還會對付不了小妹嗎？」

宋詞點點頭，接著說：「我和張楚已經分析過，小妹夢境的唯一解釋就是：姓秦的曾對她施暴，致使她懷孕，她喊『秦經理饒了我』，不是因爲夢到殺人現場，而是夢到她被強暴的現場。」

天哪！我被這超乎自己想像能力的推理嚇住了，忽然間隱隱約約想到一件事：「那，那不是說，她有殺人動機？可是，小妹哪有那個本領？而且，她看起來，根本不像個殺人犯。」

「不僅是不像，而是可以肯定，她不是殺人兇手，而且真凶是誰，她也根本不知道。」宋詞娓娓分析，「小妹是個心思很重的人，如果她知道是誰殺了姓秦的，那麼夢裏喊的就不是『秦經理不要』而是『阿清不要』了！」

阿清?!

我望著宋詞，她終於說出了這個名字。這個名字，也是我剛才隱約想到而不敢肯定的。是阿清，會嗎？

「一定是阿清！」元歌叫起來，「如果孩子的確是秦歸田的，那麼就不僅小妹有殺人動機，阿清也有殺人動機，而且，他是轉業軍人出身，又是大廈保安，既有殺人時間又有殺人能力。他才是最大嫌疑！」

蘇君接著宋詞的話頭說下去：「剛才，張先生來了我家，我們討論了很久，雖然不能完全確定案情經過，卻也八九不離十。來找你們，就是想再彼此印證一下各人所知道的……」

「等等，等等。」元歌叫，「你一再說到張先生，張先生是誰？又怎麼攪進這件事裏去了？他那麼會分析，為什麼不乾脆請他來跟我們一起開會？」

宋詞望向我，我慘然地低下頭。張楚，他一直在暗中幫助我，或者說，是幫助他自己。我們在為同一件事而奔波，可是，卻不能夠並肩作戰，甚至連見一面也不可以。

相愛而不能相親，世上還有什麼比這更殘酷？

然而，真的就再也不能相見了嗎？連遠遠地看一眼也不可以？我不甘心，真是不甘心呀！

元歌看看宋詞又看看我，若有所悟：「哦，是不是你那位望塵莫及？可是……」

「別可是了，先說正事吧。」宋詞打斷她，「讓我們把案件重演，整件事，要推溯到三個月以前……」

三個月前的一天晚上，小妹留宿在大廈地下室，秦歸田下去取一件東西，看到小妹一個人在那裏，頓時起了色心，威脅利誘，對她施暴。

在小妹的家鄉，女子失貞是件非常可恥的事情，她受辱之後，不敢張揚，忍氣吞聲，只把這件事告訴了阿清。阿清從此對姓秦的恨之入骨，可是不知道該怎麼辦。

直到案發當晚，元歌與宋詞先後離開大廈，阿清看到元歌氣沖沖離開，覺得好奇，於是上樓巡視，發現秦歸田喝得醉醺醺的，一個人待在辦公室裏擺弄他的那些特殊「珍藏」，一時兜起舊恨，順手抄起酒瓶將他打昏，然後用絲襪將其勒死，又將避孕套罩在他頭上洩憤，並順手牽羊取走了保險櫃裏的玉飾。

阿清是轉業軍人出身，做這些事視如小菜一碟，簡便至極。做完後，他將玉飾轉移，然後回到保安室睡覺，好像什麼都沒發生一樣，對誰也沒有說起。

第二天早晨，小妹發現秦經理屍體，大叫起來。

阿清並不驚惶，立刻衝到樓上去報警，現場雖然發現了他的腳印，也只以爲是他剛剛留下的，又因爲他一向憨厚，對姓秦的感恩不盡，完全沒被懷疑……

「難怪員警說酒瓶上並沒有發現任何人的指印。」元歌恍然大悟，「那是因爲公司規定，保安在執勤的時候必須戴白手套。所以他根本沒有也不需要做任何掩飾工作，卻可以把真相掩飾得天衣無縫。」

「還有一個原因他沒有被懷疑，」宋詞接著說，「誰都知道阿清窮得要命，而且，他剛跟唐詩借過錢，如果他手上有價值兩百萬的玉飾，又何必借錢呢？」

元歌輕呼：「難道是故意遮人耳目？那麼這阿清也太厲害了。」

「那倒未必是遮人耳目。」蘇君分析，「那些玉飾牽連甚廣，並不容易出手。阿清只是一個農村孩子，在北京會有什麼路數脫手玉飾？難道去琉璃廠拍賣？他又沒那膽子。所以再好的玉飾在他手中也只是一堆廢石頭。」

「也可能，他不知道那些玉飾是我的。」我忽然想起來，案發那天，阿清忽匆匆迎向我，曾經說過一句很奇怪的話：「唐小姐，沒想到那些玉是你的。」當時因爲顧著兇殺案的事，沒有注意到，現在想起來，應該是報案之後，他才知道原來經理辦公室的玉並不是秦歸田所有，而是屬於我。

「這也有道理。」元歌沉吟，「阿清那個人，陰沉沉木楞楞的，殺了人和沒殺人都是那麼一副傻呆呆的表情，除非懷疑到他，否則也很難從他的言談舉止中看出什麼蛛絲馬跡。說不定他根本就覺得姓秦的死有餘辜，完全沒有內疚感呢。」

「應該說是犯罪感。」蘇君接著分析，「以阿清的智商，未必想得出那樣完美的殺人計畫，所以這次殺人完全是偶然。也就是說，他很偶然地得到了那樣一個機會，順水推舟，順手牽羊，勒死秦歸田之後又取走玉飾，心安理得，理直氣壯，當然也沒有告訴任何人。這就引所有的人走進一個誤區，認爲殺人竊玉案是老手所爲，而且計畫周詳，所以無論是我們還是員警都把注意力放在一些高智商高能力的人身上，而完全沒有想到這件事有可能簡單至極，只是非常巧合而且順便的一宗報復殺人案。而阿清在做案之後，因爲過於順利輕鬆，又自認爲無愧於心，毫無犯罪感，照舊回去一覺睡到天亮，直到小妹大喊大叫，他才重新想起昨晚發生了什麼，順理成章地報警，有問必答，積極配合。什麼元小姐何時離開大廈呀，又宋小姐走的時候帶著什麼樣的皮包呀，都一一報告，恪守職責。但是，沒有人明白地問他：秦經理是不是你殺的？如果有人突如其來地這樣問他，說不定以他的性格就會毫不猶豫地承認了。但是沒有，沒有一個人懷疑到他，只是問他都看到了什麼。而他當然不會主動承認是自己殺死了秦經理。這是人保護自我的本能。他不想服罪，不想坐牢，所以嚴守秘密，連小妹也不告訴……」

「真是被他害死了！」元歌氣憤，「可是他畢竟殺了人，怎麼可以這樣逍遙法外呢？我們應該報警抓他。」

「證據呢？」宋詞問，「這一切只是我們的推論，可是證據在哪裏？難道僅憑小妹流產這件事就可以構成證據來控告阿清殺人嗎？」

元歌歎息：「那小妹也真是可憐，剛擺脫一個強姦犯，又遇上一個殺人犯……」

「我覺得小妹值得。」宋詞忽然說，眼神閃亮，「那個男人阿清，雖然什麼也不懂，可是他真正疼惜小妹，視她高於一切，可以爲她出生入死……」

我們都沉默了。不錯，對於現世中的女子，這樣的愛已近於失傳。如果能夠這樣徹底地得到一個男人的愛，哪怕是一個殺人犯的愛，那女人的一生也是豐盈而絢美的。

阿清懂得不多，也許，正因爲他懂得不多，所以才可以愛得這樣超脫而絕烈，讓愛凌駕於一切之上，包括生命、法律、苦難和殺戮。

而我和張楚，卻無法有這樣的堅決，我們的障礙，正是在於懂得太多，想得太多，怕得太多，也就抑制得太多。

「也許可以突然襲擊。」始終靜靜傾聽著的小李忽然插話進來，「就像蘇先生剛才說的那樣，如果有人猛地跑去問阿清：你為什麼要殺秦經理？他一個不留神也許就說了出來。」

蘇君笑起來：「哪有那麼容易？不過，這也是個辦法。就算他不承認，也總會有些馬腳露出來，我們可以帶上答錄機，一連串地發問，不給他思考的餘地。」

「我們一大堆人一起去，不怕他行兇！」

「可是，讓誰來發問呢？」

「我。」我回答，「讓我來問他吧，他一直很感激我，不會對我動粗。」

討論了半晌，連每一個細節也考慮到，然後我們一大隊人才浩浩蕩蕩地開拔到醫院去。

一路上，我的心情非常複雜，既希望我們的猜測完全正確，而突然襲擊也順利成功，那樣，整個案件就可以水落石出，真相大白；另一面，我又衷心希望不是阿清做的，他那麼憨厚，對小妹又那麼癡情，他怎麼可能是一個殺人犯呢？

可是到了醫院才知道，小妹已經出院，護士小姐說，是一個黑黑壯壯的穿制服的男子接走了他。

「是阿清。」宋詞皺眉，「他們會去哪裏呢？」

「也許會回賓館。」我說。

於是一大群人又轉身趕往賓館。

櫃台小姐見到我，立刻迎上來：「唐小姐，和你同屋的那個女孩子和你那位穿保安制服的朋友剛才來過一趟，又馬上走了。」

「走了？」我們一齊大驚，七嘴八舌地問：「什麼時候走的？有沒有拿走什麼東西？你怎麼可以讓她走呢？爲什麼不通知我們？」

小姐被問得暈了，叫饒起來：「喂，你們這是在審犯人哪？唐小姐又沒有退房，又沒有拿行李，她同屋的人要走，我們有什麼道理不讓走？上次是唐小姐自己說那個男的是她的朋友，讓我們見了他不要再攔的。再說，房間我們已經檢查過，什麼設備也沒少，至於唐小姐自己的東西，又沒有托我們保管，就算被你同住的人拿走了，那人也是你的朋友，是你自己請來的，我們又不能把她強攔下來不讓走。酒店可沒這個規定。」

「好了好了，我們才問了幾句，你倒抱怨一大堆。」元歌嗔怒，「你這是怎麼跟客人說話的？告訴你，你放跑了一個殺人犯知道嗎？小心我告你一個干擾司法公正！」

「什麼什麼？殺人犯？」小姐呆住了。

小李一拉元歌：「別嚇她了，我們快去房間看看少了什麼沒有。」

一句話提醒了大家，我們一行人忙擠進電梯，打開房門一看，不由得都愣住了。只見房間被收拾得整整齊齊，我所有的真絲衣裳都被取出來洗乾淨，濕淋淋地掛在衣架上。而桌子上，放著一隻醒目的蛇皮口袋，和三四盒香味撲鼻的東北風味菜。

我們幾個對視一眼，走過去，打開那口袋，發現是一堆玉飾——正是「王朝」大廈失竊的那些。

玉飾的表面，放著一張字條，上面歪歪斜斜地寫著：「唐小姐，你是好人，我不能再連累你的朋友，我去自首了。」

# 後記

雖然今生今世我都不可能也不可以再見張楚，

可是，我和他之間，始終會彼此感知，

正和了那句古詩：

身無彩鳳雙飛翼，心有靈犀一點通。

院子裏櫻花初開，風一過，落紅成陣。

爸爸坐在花樹下，對我喁喁地說著他年輕時「打眼」的經歷：「有一次，我在北京琉璃廠看中一塊紅山玉龍璧，雕工、質地都是一流的，只一條，尾部斷了一半，是件出土古玉。當時我一眼就看中了，摩挲了半晌，斷定他是『真舊』，不是『新仿』，就買下了。賣家開價五萬，我覺得值，可是手頭沒那麼多現款，又怕回旅館拿錢來不及，就傾盡身上所有，外加一塊新買的『勞力士』鑽錶，單論錶價已經五萬了，賣家這才鬆口。我以爲撿了寶，趕緊捧回台灣來給你爺爺看，結果你猜怎麼著？你爺爺把我臭罵了一頓，罰我兩頓沒吃飯。」

「爲什麼？難道您打了眼，那塊璧是假的？」我問。

爸爸苦澀地笑了，憐愛地撫著我的頭髮：「別把老爸想得那麼差勁，連真假都分不清。那塊璧是真舊，可是，因爲龍尾斷了一半，已經不值錢了。你爺爺說，咱中國人迷信龍，喜歡佩龍形璧，那是圖個吉利。可是龍尾巴斷了，這本身就很不吉利，玉的質地再好，雕工再精，也沒有意義了。起初我還不信，一連拿給幾個行家估價，結果人家都是看一看便搖搖頭走了。我這才信了爺爺的話。」

說到這裏，爸爸加重了語氣：「所以說，這做玉人收藏古玉的學問大著呢，不光要眼光好，明斷真僞，還要考慮它的文化涵義，古董價值，還有寓義和來歷。缺了一樣都會栽大跟頭，你啊，要做的學問還多著呢。」

我不服氣：「可是出道這麼久，我還從來沒有打過眼呢。」

「那倒也是，你好像特別適合玉人這一行，做什麼都比別人事半功倍，去年北京拍賣會，賣得的玉價比我們預計的高出一倍來。又到春天了，要不要再去北京走一趟？」

「不，不去。」我立刻惶恐地叫起來。

爸爸安慰地拍拍我的頭：「你這孩子，一提北京就是這麼付魂不守舍的樣子，不去就不去吧。哎，都是上次去北京，王朝秦經理那宗案子把你嚇壞了，連北京都討厭起來。」

我低下頭，心中酸楚不已。

不，不是討厭，而恰恰相反，是我太愛北京了，愛到怕。一年了，整整一年過去，可是，我從未忘記過北京，一分一秒也沒有忘記過。

記憶，是我最大的敵人，是痛苦的根。

離開北京前，我曾到圓明園再次召喚吳應熊的鬼魂相見，問他，回台灣後還可不可以再見到他。他說，幽冥異路，常見面有悖天數，如果不是萬不得已，還是少使用超能力的好。

我黯然，心中十分不捨。

他又說，雖然今生今世我都不可能也不可以再見張楚，可是，我和他之間，始終會彼此感知，正和了那句古詩：身無彩鳳雙飛翼，心有靈犀一點通。

我更加黯然，這樣子只會更慘。如果真能無知無覺，或許可以更快樂一點。

走的那天，宋詞、元歌、蘇君、小李全體出動，浩浩蕩蕩到機場為我送行。

宋詞穿了件白底的繡花旗袍，我第一次看到她穿旗袍，說不出地優雅端莊，簡直是風華絕代的，一個不折不扣的十四格格；相形之下，元歌的最新款香奈兒套裝反而稀鬆平常，不過反正再豔麗誇張的衣服穿在她身上也都是可有可無，永遠比不過她表情的生動靈活，千變萬化。

哦，我真是捨不得她們。

元歌和我抱了再抱，宋詞卻只是鳳目含淚，中途她接了一個電話，忽然拉起我的手，說：「這裏來。」她將我帶至大廳中央，央求我：「笑一笑，好嗎？」

「你要拍照？」我莫名其妙地笑一笑，面孔是僵硬的。我把那只刻不離身的木燈籠從行李中取出來，交給宋詞，「如果張楚來找你，就替我還給他。」

已經是五月了，乍暖還寒的天氣，欲哭無淚的心。

我絕情地道別：「我不會再回北京來，也不會跟你們通信，你們，也請不要再找我了吧。」

宋詞默然，元歌怪叫起來：「憑什麼？為什麼？我們是朋友呀！」

我說：「我要把你們忘記。」回過頭，絕然地離開，忍住了不肯流淚。

整個旅途，都一直在聽隨身聽，反反覆覆地放著一支老歌：給我一杯忘情水，讓我一生不流淚……

我喜歡這支歌，喜歡它蒼白而無望的祈求，喜歡一遍遍重複地聽它，就像現在這樣。

給我一杯忘情水，讓我……

老爸皺眉：「這是支什麼歌這麼怪？忘情水又是什麼東西？」

「啤酒加白酒加果酒。」我答，有種溫柔的酸楚流過心頭。

「古里古怪。」老爸嘀咕著，又老調重彈起來，「年輕人，不要整天守在家裏，又不是沒人追求，幹嘛年紀輕輕地扮個老相……」

年紀輕輕？爸爸不知道，我已經三百五十多歲了。

這時保姆走出來請爸爸去聽一個重要電話，總算打斷了他的嘮叨。

我也回到自己的房間，開始每天必做的工作，打開電腦收發郵件。有個陌生的地址吸引了我的注意，怎麼寄信人竟叫做「前世今生」，這會是誰？

打開來，我心不由一震，竟是宋詞的來信。

宋詞？回台灣後，爲了忘記北京的一切，我一直不肯和宋詞、元歌來往，爲怕因此及彼，想起張楚。而宋詞因爲體諒我的心事，也一直不肯打擾我。現在，是什麼原因使她終於又決定給我寫信了呢？

宋詞的信很長，也很真切，她寫道——

唐詩：你好。

你好嗎？轉眼一年過去了。我一直問自己該不該給你寫信，生怕打擾了你的平靜。可是，當小李告訴我你怎麼也不肯接受邀請再次來北京舉辦玉飾展時，我知道你的心一直很不平靜，你根本沒有忘。即使我保持緘默，再也不和你聯繫，你也還是不會忘記，不會忘記我和元歌，也不會忘記張楚。

看到張楚的名字，我忍不住閉了一下眼睛。一年了，從沒有人在我面前提起這個名字，突然看到，不禁有種閃電般的刺痛。

離開北京時，我對元歌說：「我要把你們忘記。」可是，怎麼能忘呢？每當有人喊我的名字「唐詩」，我就同時又響起「宋詞、元歌」；每天早晨照鏡子看到自己，就同時看見那張與自己依稀彷彿卻是男性十足的臉。

就像宋詞說的，沒有用的，他就是我，我就是他，我們是彼此的另一半，根本無法分割。即使他隱姓埋名，即使永不相見，即使所有的人都告訴我張楚的故事只是虛幻，我仍然不會忘記，那一段刻骨銘心的絕望的愛。

過了好一會兒，我才睜開眼，繼續看下去。

我再婚了，很幸福。唐詩，這一切全虧了你，如果不是你的出現和幫助，我差點與幸福婚姻失之交臂，那是多麼可怕的事情。

元歌和小李在熱戀，暫時還沒有結婚的打算。元歌這傢伙，說她要多享受幾年戀愛的感覺，說不定這中間遇到更好的男人，還時刻準備著跳槽呢。

我始終沒有把那個關於我們前世的故事告訴她，不願意讓她背上心理負擔。

唐詩，你也該和你的陰影告別了。自從你知道了前世的故事之後，你一直覺得自己是個不祥的人，把自己封鎖得那樣緊，何苦呢？

這些話，是張楚讓我勸你的。他們夫妻倆現在成了我們家最受歡迎的客人，每當想起他在前世是我的丈夫，我就忍俊不禁。這是個秘密，我一直瞞著我老公，怕他亂吃醋。

瞭解到前世的故事，讓我更加珍惜自己今世的婚姻，絕不讓幸福再一次從我身邊溜走。我老公一直說，重婚後我好像變了一個人，轉世重生一樣，他不知道，我正是一個轉世重生的再生人呢。

還是說張楚吧，他說他和你之間有心電感應，就算隔著千里萬里，他也知道你一直是不快樂的，不僅是因為不能忘記他，還因為你那莫名其妙的負罪感。唐詩，不要讓負罪感壓倒了你，即使你的存在真的曾給某些人帶來不安，也都以你和張楚的分別做補償了。

我一直沒有告訴你，其實，你離開北京那天，不僅我和元歌去送你，張楚也去了，只是，他不敢和你相見，而一直躲在遠處悄悄地看著你。我把你帶到大廳中間，就是為了讓他可以清楚地看到你。我希望，你最後留給他的，是一個燦爛的笑臉。可是，天哪，你的笑比哭還難看，差點把我的淚都逗出來了。

飛機起飛後，我們走過去跟他打招呼。他不理睬我們，也不說話，只是一直呆呆地站在那裏，就像一尊雕塑。那樣子，就好像整個人都被掏空了一樣。我知道，他雖然沒有和你說一句話，可他的心是和你在一起的，他的心已經隨著你去了。當我把你的木燈籠還給他時，他忽然發了狂，舉著它一直要往隔離門裏衝，幾個保安都拉不住……

看到一個大男人那樣痛苦，我的心都要碎了。元歌還一直要追問他既然愛你，為什麼又不肯向你表白。我制止了她的莽撞，可是我心裏也很難受。唐詩，我佩服你的堅強，更敬佩你的善良。但是，同時我也羡慕你，擁有這樣濃烈而深刻的愛情。

記得，你告訴過我，說我的前世用盡心力都沒有得到吳王爺完整的愛，那樣的人生才叫失敗呢。你還說，我在死前曾經許願：如果能和他真誠相愛，哪怕只有一天，也夠了。

唐詩，這樣的愛，你已經得到了，即使不能相伴，但你們的心會在一起，不是一天，而是永遠。這還不夠嗎？花朵之所以美麗，是因為它曾經盛開，而不是永遠定格做牆上的一幅油彩畫，如果你可以這樣想，那麼，你就是這世上最幸福的人，得到過最美麗的愛，不是嗎？

唐詩，重新歡笑起來吧，再不要為分別流淚了，只要有愛，這世界就依然是無限美好的呀……

我沒有看完，淚水又一次朦朧了我的眼睛……

# 三百年前我是你

作者：西嶺雪
出版者：風雲時代出版股份有限公司
出版所：風雲時代出版股份有限公司
地址：105台北市民生東路五段178號7樓之3
風雲書網：http://www.eastbooks.com.tw
官方部落格：http://eastbooks.pixnet.net/blog
信箱：h7560949@ms15.hinet.net
郵撥帳號：12043291
服務專線：(02)27560949
傳真專線：(02)27653799
執行主編：劉宇青
美術編輯：芷姍
版權授權：劉愷怡
法律顧問：永然法律事務所　李永然律師
　　　　　北辰著作權事務所　蕭雄淋律師

初版日期：2011年6月
ISBN：978-986-146-753-5

總 經 銷：成信文化事業股份有限公司
地　　址：台北縣新店市中正路四維巷二弄2號4樓
電　　話：(02)2219-2080

行政院新聞局局版台業字第3595號 營利事業統一編號22759935


定價：220 元



國家圖書館出版品預行編目資料

三百年前我是你 ／ 西嶺雪著；
臺北市：風雲時代，2011.06　面；公分

ISBN 978-986-146-753-5（平裝）

857.7　　100000768